"좋은 인연이 되어주셔서 감사합니다."

_____  님께

드립니다.

년      월      일

_____

_____

끝난 것은 아무것도 없다

# 끝난 것은 아무것도 없다

삶은 날마다 새로운 시작

**복병학** 지음

**모아북스**
MOABOOKS

●

책을 가까이하며 글을 쓰는 사람에게서는 남다른 여유가 느껴진다.

**김인호** 대표 / ㈜ 럭스나인

가벼운 마음으로 책을 펼쳤는데 어느덧 마지막 장을 넘기고 있었다.

**김창영** 대표세무사 / 세무법인 동양

책을 읽는 내내 저자의 편안한 목소리가 들리는 듯하다.

**나종호** 상임부회장 / 한국강소기업협회

언제부턴가 산다는 것이 무엇인지 고민하게 되지만 그 고민을 묻어둔 채 그저 의미 없이 매일을 보내게 된다. 이 책은 그러한 일상에 잔잔한 파문을 일으켜준다.

**노경한** 대표 / 서울여대 겸임교수, SIST쌍용교육센터 ㈜

남녀노소 스마트폰만 들여다보는 요즘, 점점 더 책을 멀리하고 즉각적인 자극만을 추구하게 된다. 이 책은 첫 장부터 마지막 장까지 오래 잊고 있던 독서의 즐거움을 선사한다.

**박용원** 대표 / 두원포토닉스 ㈜

중년의 나이가 되면 누구나 한번쯤 인생무상을 느끼고 사는 게 뭔지 질문을 던지게 된다. 이 책에 그 답이 있다.

**박민수** 대표 / ㈜ 핑거

이 책을 읽다 보면 늦가을 은행잎과 단풍잎 같은 아름다운 빛깔과 향기가 느껴진다. 그것은 삶을 충만하게 사는 사람에게서만 풍기는 지혜의 향기이다.

**복기준** 회장 / 면천복씨 대종회

세상은 나날이 빠르게 변화하고 그 속에서 사람들은 몸뿐만 아니라 마음도 점점 병들어간다. 이 책은 마음의 균형을 찾은 사람의 여정이자 삶의 기록이다.

**이광연** 원장 / 이광연 한의원

젊은 세대는 우리 세대를 꼰대라 부를지도 모르지만 아무리 나이가 들어도 마음속에는 여전히 젊음과 청춘이 살아 숨 쉰다. 누구나 편하게 읽어내려 갈 수 있는 이 책의 구절마다 젊은 에너지가 살아 있어 놀랍다.

**이치성** 사업부장 / 삼성생명 SFP사업부

누구나 책을 읽을 수 있고 글을 쓸 수 있지만 그것을 생활 속에서 숨 쉬듯이 실천하는 사람은 많지 않다. 이 책에는 평생 글과 책을 가까이한 사람만의 자연스러움이 있다.

**이재원** 교수 / 국립금오공과대학교

저자의 수필과 여행기를 읽으면 그가 우리나라의 산천초목을 얼마나 사랑하며 깊은 애정을 갖고 바라보는지 알 수 있다.

**이환주** 시장 / 남원시

나다움을 잃어버리지 않으면서도 고집과 아집으로 퇴화되지 않으려면 부단히 스스로를 연마하고 사색하며 사람과 교류해야 한다. 이 책을 읽다 보면 그 방법을 저절로 터득하게 된다.

**임영호** 대표변호사 / 법무법인 율정

합창단에서 짧지 않은 세월 동안 함께 활동하면서 저자는 누구보다 성실하고 누구보다 음악의 즐거움에 몰입하는 단원이었다. 그러한 저자의 내면에 간직되어 있던 이야기들이 마음을 울린다,

**임창배** 상임지휘자 / 한국산업기술대 교수 / 에반젤 코러스

공감 가는 이야기에 미소 짓다 보니 어느새 내가 책속의 주인공이 되어 있었다.

**유선용** 노무사 / 노무법인 MK컨설팅

독서를 하고 싶어도 요즘처럼 볼거리가 많은 시대에는 선뜻 책을 펼치기 어렵고, 너무 어렵고 복잡한 책은 아무래도 멀리하게 된다. 이 책은 그러한 부담을 완전히 덜어내고 온전히 독서의 즐거움을 만끽하게 해준다.

**장종준** 대표 / ㈜ 펜타시스템테크놀로지

사람과 인연의 가치를 누구보다 소중히 여기는 저자의 연륜이 고스란히 느껴진다.

**정영택** / 전주신흥고 총동문회장

종이책이 사라져가는 시대, 전 국민이 1년에 책 한 권도 읽을까 말까 한 요즘의 시대에 책과 글쓰기의 진정한 가치와 소중함을 느끼게 해준다.

**최보기** / 북칼럼니스트

우리 회장이 책을 냈다고 해서 잠깐 살펴보려고 했는데 내용에 빠져들고 말았다. 거기에는 우리들의 삶이 고스란히 담겨 있었기에....

**황수연** 대표 / 쌍마스튜디오

글쓰기는 등산과 함께 내가 여가시간에 가장 즐기는 취미다. 바둑과 골프도 좋아하긴 하지만 이것들은 상대가 있어야 할 수 있는 것이기 때문에 자주 하지는 못하고 주로 혼자서도 마음껏 누릴 수 있는 글쓰기와 등산을 즐겨 한다. 특별한 약속이 없는 휴일이면 산에 오르며 사색을 하거나 서재에 앉아 글을 쓴다.

나는 한때 문학도가 되는 것이 꿈이었다. 내가 독서나 글쓰기를 좋아하게 된 것은 초등학교 때부터인 듯하다. 기억으로는 당시 문교부에서 또래 수준에 적합한 책들을 선정해 학년마다 10~20권 정도의 위인전이나 교양서적 등을 읽게 하고 1년에 한두 번씩 군단위로 '고전 읽기 대회' 행사를 통하여 시험도 보고 포상도 수여했다.

나는 이런 이벤트가 있을 때마다 학교 대표로 나가 상을 받았다.

어쩌면 그것이 이후 내가 책을 좋아하게 된 중요한 계기가 되었던 것이 아닐까 생각한다.

초등학교 때 고전 읽기로 흥미를 붙인 나의 독서 습관은 중학교에 가서는 장거리 통학과 생활 환경변화로 잠시 뜸했다가, 고등학교 때 다시 불이 붙었다. 고등학교에 입학하자마자 난 곧바로 문예반에 가입을 했다. 이곳에서는 1주일에 한 권씩 책을 읽고 토론도 하고 선생님의 도움을 받아 습작으로 시와 수필, 단편소설 등을 썼다. 이때 읽었던 책은 주로 시집이나 문학 서적이었다.

당시 문예반 지도 교사이자 국어 선생님이셨던 시인 정양 선생님은 내게 문학도로서의 재능을 잘 발전시켜 보라시며 졸업 기념으로 운강雲崗, 산마루에 오래 머무는 구름이라는 호를 선물해 주셨다. 이후 나는 글을 쓸 때마다 이 호를 필명으로 사용했다.

대학 진학 후에는 민주화 열풍의 영향을 받아 이념 서적과 역사소설을 두루 섭렵했다. 이후에는 그때그때 상황에 따라 필요한 책을 찾아 읽었지만 그래도 순수문학에 대한 애정과 작품 활동에 대한 갈증은 여전히 남아 있었다.

  언제부터인가 잠재되어 있던 창작에의 갈증이 나도 모르게 밖으로 표출되기 시작했다. 주로 한가한 주말이나 일찍 귀가하는 날이면 어김없이 PC 앞에 앉아 창작에 몰입했다.

  즐겨 쓰는 장르는 시와 수필이지만 특별히 영역 제한을 두고 쓰지는 않는다. 모든 장르가 각자 나름의 맛이 있기 때문이다. 시詩는 자신의 생각과 감정을 함축된 언어로 표현할 수 있어 좋고, 수필隨筆은 주제에 따라 생각나는 단어를 부담 없이 늘어놓을 수 있어 좋고, 소설小說은 우리네 삶에 있음직한 이야기를 시대적 배경과 등장인물의 성격, 사건의 기승전결 등을 작가의 의도에 따라 전개해 갈 수 있어 좋다.

  내 글쓰기 습관은 나름의 결실을 맺었다. 1999년에는 직장생활의 경험과 노하우를 저술한 《시스템 통합의 핵심기술》을 출간해 베스트셀러에 올렸고, 2007년 4월에는 문예지 〈한울문학〉에 수필가로, 2008년에는 시인으로 등단을 했다.

  그 밖에도 장편과 단편소설, 시 300여 편, 생활 이야기와 추억 이야기, 여행기 등 수필 1,000여 편을 썼다. 내 작품은 다음카페 '운강과 벗님들 http://cafe.daum.net/boksfriends' 에도 일부 게재해 글을 좋아하는 사람들에게 제공하고 있다.

이 책의 구성은…
이 책은 지난 세월 동안 매일 써내려간 다양한 주제의 수필 중에서 엄선한 글들을 담은 것이다. 구성은 다음과 같다.

### 1장. 사는 게 뭐냐고 묻는다면

사회인으로서, 전문가로서, 가장으로서, 남편으로서, 아버지로서 다양한 역할을 하며 삶에 최선을 다하고 있지만, 누군가가 '사는 게 무엇이냐?' 라고 묻는다면, 그리 대단한 데서 삶의 행복에 대한 해답을 얻는 것은 아님을 알게 된다.

행복은 태풍이 지나가고 사계절이 바뀌는 일상에도, 시골집 감나무에 매달린 잘 익은 단감에도 그 해답이 깃들어 있는 것인지도 모른다. 그러한 소소한 나날에 느끼고 생각한 단상을 담았다.

### 2장. 살며 글 쓰며 사색하며

지천명이라는 중년의 나이를 지나면서 세상도 사회도 빠르게 변화하는 것을 바라보게 된다. 오래 인연을 이어온 친구들이나 직장 선후배와의 관계에서도, 변하거나 변하지 않는 이웃과 시장의 풍경에서도, 뉴스와 신문의 키워드에서도 매 순간 새로운 것을 배우게 된다. 이 장에는 매일 변화하는 세상 풍경에 대한 나만의 생각들을 담았다.

### 3장. 산행의 기쁨

글쓰기와 더불어 빼놓을 수 없는 취미는 바로 여행, 그중에서도 산행이다. 때로는 가족과, 때로는 벗들과 오르는 우리나라의 아름다운 산과 호수, 바다 등 전국 각지의 대자연은 언제 가더라도 계절의 신비를 선사하고 자연 앞에 겸허해질 수밖에 없는 인간의 본질을 느끼게 해준다.

국내 · 외 다양한 곳으로 여행이나 출장을 다녀 보았으나 이 장에는 주로 우리나라의 크고 작은 산, 그밖에 근교나 바다를 다녀와 기록한 단상들을 모았다.

### 4장. 무지개와 도깨비, 어린 시절의 추억

이 장에 수록한 이야기들은 내가 '병철이 이야기' 라는 제목으로 집필한 자전적 회고기 중에서 대표적인 것들을 선별한 것이다. 1960~1970년대 시골에서 어린 시절을 보낸 '병철이' 는 곧 나의 어린 시절의 모습이다. 문명화되어 지금은 거의 잊혀 버린, 가난했지만 행복했던 그 시절로의 추억 여행을 담아 보았다.

사는 게 무엇인지는 아직도 잘은 모르겠으나, 귀하고 소중한 오늘을 사소하게 흘려 보내지 않을 때 진정 가치 있는 삶을 써내려갈 수 있는 것이 아닐까 생각한다.

나의 작은 이야기에 독자들이 편안히 함께할 수 있기를 바란다. 그동안 틈틈이 써온 내 소소한 일상의 이야기들을 이렇게 한 권의 책으로 출판하게 되어 기쁘다. 이 책을 사랑하는 가족과 친구들, 나와 동행해준 동료들, 누구보다 우리 가족 모두에게 매일 신선한 웃음과 새희망을 안겨준 사랑하는 손주 준범이에게 선물한다.

복병학

제4장 ————•

# 무지개와 도깨비,
# 어린 시절의 추억

## 제 1 장

사는 게
뭐냐고
묻는다면

직장인, 사회인, 지역사회 구성원,
한 분야에서 뿌리 내린 전문 직업인,
부모님의 아들,
아내의 남편,
아이들의 아버지,
그리고 한 집의 가장……

하나의 단어로는 규정할 수 없는
다양한 역할을 각자 수행하며
우리는 오늘도 자신의 삶에 최선을 다하며
부지런히 살아간다.
단 한 순간도 주춤거리지 않고
자신의 모든 에너지를 남김없이 쏟아내는 태풍처럼
삶을 마감하는 그 순간까지
에너지를 모두 쏟아내며 살아야 한다.

혈기왕성한 젊음의 나날을 지나
어느덧 지나간 세월을
돌아보게 되는 지긋한 나이가 되었건만

"대체 산다는 게 무엇입니까?"
누군가가 물어보았을 때
"산다는 건 이런 것이다" 라고
명쾌하게 대답할 수 있는 이,
과연 누가 있을까?


다만 짐작해볼 뿐이다.
잘 산다는 건, 그리고 잘 살면서 행복을 느낀다는 건,
어마어마한 부귀영화에서 오는 것도 아니요,
영화 속 주인공의 경험 같은
특별한 이벤트에서 오는 것도 아니라는 것을…
그저 흔한 사계절의 풍경, 오후의 햇빛,
잠잠해진 태풍, 시골집 감나무에 매달린 단감…
그런 소소한 데서 오는 것일지도 모른다는 것을.


그리고 그런 행복을 선사하는 삶의 시간은
영원히 우리 곁에 머물러주지는
않을 거라는 것을…

# 태풍은
## 지나가고

태풍이 지나가고 언제 그랬냐는 듯이 다시 결실의 계절이 성큼 찾아왔다. 누구에게는 아물지 않은 상처를 남기고 누구에게는 새로운 사업의 기회를 열어주고 또 누구에게는 연구의 소재를 만들어 주고……. 어쩌면 또 다른 태풍이 또 다른 모습으로 다가올 수도 있겠지만 그것은 그때 고민할 일이다.

태풍이 인간에게 피해만 주는 것은 아니다. 녹조나 적조를 없애 주고 땅을 기름지게 해주고 죽어가는 하천과 바다의 생태계를 뒤집어 줌으로써 자연계의 선순환 구조를 도와주기도 한다. 어쩌면 인간의 힘으로는 어찌할 수 없는 태풍이 있기에 자연은 생태계를 유지해갈 수 있고 사람들은 또 더 강하게 삶을 살아갈 수 있는지도 모를 일이다. 마치 어린 시절 어려웠던 일상이 사람을 더 부지런하고 더 강하게 만드는 것처럼 말이다.

## 모든 에너지를 쏟아내는 태풍처럼

중요한 것은 아무리 좋고 힘든 일도 태풍처럼 어느 순간 지나가게 된다는 사실이다. 우리네 청춘이 그러했듯이… '코로나19'로 전세계인이 힘들어하는 지금도 엔젠가는 지나갈 것이다. 그래서 우리 남은 생에 있어 가장 젊고 가장 왕성한 시간은 바로 지금 이 순간이라 하지 않던가? 어쩌면 바닷물이 밀려오고 밀려나갈 때처럼 눈에 드러나지는 않지만 내일은 오늘보다는 분명 늙어 있을 테니까 말이다. 그러기에 빠르게 지나가는 시간을 아쉬워할 것이 아니라 지금 이 시간을 얼마만큼 진지하게 사느냐가 중요하다. 결국 그 순간들이 모여 추억이 되고 행복이 되고 우리의 인생이 되어줄 테니….

태풍을 보노라면 생성에서 소멸 때까지 모든 에너지를 집중해 비바람을 일으키지 않던가? 그렇게 큰 규모의 바람 덩어리가 어느 한순간 쉬거나 주춤거리지 않고 진지하게 자신의 모든 에너지를 쏟아내지 않던가?

우리도 삶을 마감하는 순간까지 진지하게 살아볼 일이다. 시간은 언제까지나 우리 곁에 머물러 있지는 않을 테니까.

# 하심下心,
## 쉽지만 어려운 일

'下心'

사무실 내 책상 앞에 붙여 놓았던 말이다. 이 단어를 골라 책상 앞에 붙여 놓은 이유는 직원들과 내가 나이나 경력 면에서 많은 차이가 나기 때문에 되도록 낮은 자세로 겸손한 마음으로 직원들에게 다가가자는 나름의 의지를 표현한 것이다. 그런데 가끔은 나도 모르게 초심初心을 잊고 말을 막 하게 되는 경우가 있어 반성을 하곤 한다.

한번은 회사에서 1년 반 동안 추진해온 SI 사업 워크샵을 그룹 연수원에서 열었다. SI 사업 전반에 걸쳐 추진 배경과 지금까지의 추진 현황을 알아보고 하반기 목표 달성을 위한 전략수립 및 결의를 다지는 자리였다. 내가 전체 행사를 총괄하고 있었기에 난 가급적 발표보다는 행사 진행과 토론 등을 주관할 생각이었다.

그런데 워크샵 발표 시간이 다 되었는데도 발표하기로 한 팀장들이 도착을 못한 것이다. 아마도 장소가 먼 데다 월말과 분기실적 마감 처리 때문에 늦어진 모양이었다. 이미 사장님을 비롯한 다른 임원들은 자리에 앉아 시작하기만을 기다리고 있었다. 하는 수 없이 사정을 이야기하고 내가 대신 발표를 하기로 했다.

## 나이가 들수록 하심을 실천해야 하는 이유

막상 발표를 하려고 자료를 보니 내가 준비한 자료가 아니라 표현이 좀 생소했다. 각자 자기가 발표할 자료를 만들어 취합해놓은 것이라 전체적으로는 다 아는 내용이지만 세세한 표현이나 논리는 좀 다르게 느껴졌다. 난 큰 제목만을 머리에 두고 내 나름의 생각들을 가미시켜 즉흥적으로 설명을 해가기 시작했다.

처음 시작은 그런대로 잘 넘어갔다. 그런데 그동안 수행한 프로젝트 중 실패 사례를 설명하면서 약간 격앙된 어조로 한쪽으로 치우친 듯한 설명이 되고 말았다. 본래 의도는 예전에 내가 PM을 하던 시절에 비해 요즘 직원들의 일하는 방식에 대한 아쉬움과 회사의 지원 체제의 미흡함을 설명하려던 것이었는데 즉흥적으로 말을 하다 보니 한쪽으로 약간 치우친 감이 없지 않았다. 순간 관련 팀장의 표정이 굳어지는 듯 보였다.

'아차, 좀 더 부드럽고 우회적인 말투로 했어야 하는데…….'

잠시 후회는 됐지만 이미 때는 늦었다. 말은 흘러나와 버렸고 일은 벌어져 버렸다. 이후 상황을 수습하려고 부드러운 분위기를 유도해보았지만 끝내 원래 의도하던 분위기로는 돌려놓지 못하고 워크샵을 끝냈다.

이후 저녁식사 시간에 소맥을 한잔 씩 제조해주고 함께 건배를 하면서 아까의 어색했던 분위기는 해소되었다.

하지만 가끔씩 업무나 일하는 자세에 대해 말을 할 때면 나도 모르게 강한 톤으로 이야기를 하곤 해서 직원들을 긴장하게 만든다. 가뜩이나 내 인상이 날카롭다고들 이야기하는데 이제부터라도 좀 더 부드러운 표정과 겸손한 어법으로 바꾸어가야겠다고 생각했다.

하심을 실천한다고 해서 나의 능력을 무시하는 사람은 없고, 하심을 실천하는 사람에게 적이 있을 리 없다. 나이가 들어갈수록 어렵지만 하심을 실천해야 하는 이유다.

# 무소유의
## 평안

우연한 기회에 한 어르신과 저녁식사를 함께 하게 되었다. 일흔이 넘은 연세에도 아직 정정하시고 일에 대한 열정도 넘치는 분이셨다. 안성에서 농장을 경영하시면서 취미로 목공예를 한다고 하셨다. 원래 서울에서 사업을 하시다가 잘 안 돼서 시골에 정착해 살게 되셨단다. 처음엔 살 집과 작은 텃밭정도를 마련해서 시작했지만, 지금은 농경지와 산만 3만 평 가까이 되고 3,000마리 정도 규모의 돼지사육 농장까지 경영하신다고 한다.

그런 어르신께 큰 고민이 하나 생겼다. 연세는 드시고 기력은 떨어져 예전처럼 농장을 운영하기는 어려운데 마땅히 맡길 만한 사람이 없는 것이다. 아들이 와서 돕고는 있지만 감당할 입장이 아니었다. 시설도 노후되어 농장을 계속하기 위해서는 현대식 시설로 재투자를 해야 했다. 주민들도 냄새 나는 농장을 혐오시설로 여기기 때문에 냄새가 없는 환경친화적인 시설로 교체해야 했다. 그 비용이 만만치 않으니 매각을 하려는 것이었다.

## 소유하지 않는 편안함

어르신께서는 말씀 중에 자신에게 불필요한 것을 가지는 것에 대한 부담스러움을 말씀하셨다. 얼마 전 아는 지인이 도자기를 하나 선물했는데 그 도자기가 비싼 거라고 하도 강조를 하니 너무 신경이 쓰이셨단다. 행여 깨질세라 행여 잃어버릴세라 매일 확인하고 돌보는 것이 일상이 되었다. 사실 필요도 없는 물건이고 관리하는 것 자체가 부담스런 물건이었던 것이다.

몇 달 고민 끝에 어르신께서는 부인과 상의하여 도자기를 주인에게 돌려주기로 했다. 도자기를 돌려주고 오던 날 노부부는 더 없이 마음이 평안하셨단다.

어르신께서는 말씀을 이으셨다. 세상을 좀 살다 보니 당신께서 살아가시는 데 그렇게 많은 것이 필요한 것은 아니라고…….

## 무소유의 진정한 의미

　흔히 사람들은 물질이든 명예든 많이 소유하는 것이 좋을 것이라 생각한다. 하지만 우리가 세상을 살아가는 데 그리 많은 것이 필요하지 않다. 이쯤에서 법정 스님의 '무소유'에 대해서 생각하게 된다. 스님께서는 한 신자가 선물한 '난'으로 인해 밖을 나가도 난 생각이 나고, 어딜 가나 난 생각밖에 나질 않으셨다고 한다. 물건을 소유하면 그 물건이 다치지 않을까 흠이 나지 않을까 하여 집착을 하게 마련이다. 결국 어떤 대상에 집착을 하면, 정작 자신을 위해 사용해야할 시간과 마음을 쓰는 일에는 소홀해질 수밖에 없다.

　무소유란 아무것도 갖지 않는 것이 아니라 자신에게 불필요한 것을 갖지 않는다는 뜻이다. 하지만 주위를 돌아보면 이런 것이 너무도 많다. 남들이 비싸고 값나가는 것이라고 여기는 것은 일단 사고 보자는 심리가 작용한 탓이다.

　이제 우리도 '내게 꼭 필요한 것'이 무엇인가를 정리할 때가 왔다. 다음 세대가 더 성장하기 전에 우리의 앞가름부터 타야 할 것이기 때문이다.

# 준비된
## 사람

사람은 누구나 자기 전문 분야가 있고 역할이 있다. 하지만 그것을 잘하고 못하느냐 하는 차이는 분명 존재한다. 그것은 '누가 얼마나 열정을 가지고 준비했느냐'의 차이다. 비전문가가 보면 잘 느끼지 못해도 전문가가 보면 그 미묘한 차이를 느낄 수 있다. 꼭 남의 평가를 의식해서가 아니라 자기 스스로 먼저 느끼게 되어 있다.

고등학교 동문 후배 중에 잘 나가는 한의학 박사가 있다. 바로 이광연 한의원 원장이다. 2년 후배인 이 친구는 한의학 박사와 의학 박사를 보유하고 교수로 출강도 하고 책도 여러 권 냈고 출연한 방송 프로그램만도 셀 수 없이 많다. 누가 봐도 건강에 관한 한 언제 어디서든 막힘이 없을 것 같다. 그런 이 원장도 TV '아침마당'과 같이 장시간 프로그램에 출연하기 전에는 관련 주제에 대해 전반적으로 준비하는 것을 잊지 않는다고 한다. 혹시라도 짬이 없어 준비를 소홀히 했다고 눈치 채는 사람은 없지만 본인 스스로 불만족하게 된다는 애기를 한다.

그것은 나 자신도 수시로 경험하는 일이다. 내가 잘 아는 분야라 해서 준비없이 강의나 세미나에 나서게 되면 부연 설명이나 질의에 스스로 만족할 만한 진행이 되지 않는 경우를 종종 경험하게 된다.

## 남이 아닌 나 자신을 위해

역대 대통령 중에서도 특히 김대중 대통령은 대중 앞에서 연설을 잘하기로 유명했다. 그런데 그렇게 박식하고 조리 있게 말을 잘하시는 DJ도 연설이나 기자회견이 예정되어 있을 때에는 며칠 전부터 연설할 내용과 관련된 분야에 대한 자료 준비를 철저하게 하셨다고 한다. 어느 정도 자료가 준비되면 직접 연설문을 작성해서 몇 번이고 교정을 보면서 수정하고 보완하고 또 수정을 하셨단다.

그뿐만 아니라 연설 전날엔 거의 날밤을 세워가며 반복해서 원고를 숙지하셨다고 한다. 어떤 것도 준비 없이 거저 이루어지는 것은 없다는 애기다.

소치 동계올림픽에서 잘 하고도 은메달에 그친 피겨의 여왕 김연

아처럼, 남이 알아주지 않아도 내가 만족할 수 있다면 그것으로 충분하다. 하지만 남이 모두 칭찬해줘도 나 스스로 만족할 수 없다면 그것은 문제다.

무슨 일을 하든 열정을 가지고 준비해야 하는 이유가 여기에 있다. 우리 삶은 남에게 보여주기 위한 것이 아니라 나 스스로 만족해가는 과정이기 때문이다.

# 살면서 얻을 수 있는
## 최고의 가치

몇 년 전 직장에서 같이 근무했던 S전무의 부고를 받았다. 나보다는 두 살이 많지만 10여 년 가까이 함께 임원 생활을 했던 분이다. 내가 타의에 의해 회사를 그만두고 나와야 했을 때 누구보다도 나를 위로해주시고 격려해주셨던 분이다.

S전무는 재무 전문가로 주로 회사의 살림을 도맡아 운영하셨다. 머리 회전이 빠른 만큼 골프와 마작, 포커, 고스톱 등 잡기에도 능했다. 그중에서도 골프는 싱글 수준으로 나보다 한 수 위였다. 한 개인으로도 인간미가 있는 분이었다. 전임 사장의 독특한 성격 때문에 매일 가장 많은 스트레스에 시달리면서도 정작 본인은 다른 사람들을 걱정하셨다. 그랬던 분이 갑자기 회사를 그만두셨단다. 건강상의 이유라고는 했지만 그때까지만 해도 특별히 아픈 사람 같지는 않았

다. 안부전화를 드렸더니 요양을 위해서 오대산 월정사 근처에서 생활하고 계신단다. 난 그제서야 건강 상태가 예상보다 심각하다는 사실을 알았다. 간암이라고 했다. 오랜 스트레스로 인해 간암이 발병했고 점차 폐암으로 전이되면서 상황이 악화된 것이다. 몇 달 전 통화를 했을 때만 해도 오대산의 기운을 받아 조만간 회복할 수 있지 않을까 기대를 했었는데……. 참으로 황망하고 안타까운 일이었다.

## 옛 동료의 부고를 듣고

사람의 운명이라는 것이 이렇듯 허망하다. 그러니 건강하다고 자만할 필요도 없고 잘 나간다고 우쭐댈 필요도 없다. 그저 남에게 피해 주지 않고 자기 삶을 열심히 살면서 현실에 만족하는 것이 중요하다. 조금 더 바란다면 내가 가진 것이 무엇이든, 베풀 수 있을 때 베풀며 사는 것, 그것이야말로 우리가 사는 동안 할 수 있는 최고의 가치가 아닐까? 갑자기 세상과 이별을 할 때 내가 가진 것을 제대로 써보지도 못하고, 이웃과 나눠보지도 못하고 떠나야 한다면 얼마나 억울하겠는가? 그러니 너무 아끼지만 말고 맘껏 나누고 맘껏 봉사하며 살 일이다.

# 짧은
## 동행

출근길 지하철 2호선은 초만원이다. 특히 아침 8시대에 서울대입구역에서 강남역까지의 구간은 전쟁터를 방불케 한다. 기본으로 한두 대는 보내고 나서야 내 차례가 돌아온다. 처음 이 구간을 이용하는 사람들은 승차할 엄두가 나질 않아 계속해서 차를 통과시키는 경우도 적지 않다.

이런 생생한 삶의 현장은 삶의 의욕을 불러일으키게도 하지만 가끔 옆 사람이 땀 냄새를 풍기거나 실내가 찜통일 때에는 짜증이 날 때도 있다. 여하튼 매일 출퇴근 때마다 이런 지하철을 타고 다니는 서울 시민들이 참으로 위대하다고 느끼곤 한다.

한번은 서초역에서 내려야 했는데 내 앞을 가로막은 덩치 큰 아저씨 때문에 내리질 못하고 교대역까지 갔다. 사무실이 서초역과 교대역 중간에 있어 굳이 무리해서 내릴 필요는 없다고 생각했다.

교대역에 도착하자 내 앞을 가로막고 있던 덩치 큰 아저씨가 하차를 하려는지 움직였다. 그런데 답답할 정도로 행동이 굼떴다. 밀치고 먼저 내릴까 하다가 여유를 가지고 천천히 따라 내렸다. 알고 보니 아저씨는 앞을 보지 못하는 시각장애인이었다.

**마음만은 넉넉했던 길**

플랫폼에 내리자 지팡이로 바닥을 더듬으며 벽 쪽으로 곧장 직진을 했다. 보기가 딱해 다가가 물었다.

"도와 드릴까요?"

아저씨는 대답 대신 내 팔을 덥썩 잡았다. 순간 오싹할 정도로 냉기가 느껴졌다. 아마도 한쪽 손을 거의 쓰지 않다 보니 피가 통하지 않아 그렇게 차갑게 느껴졌나 보다.

"몇 번 출구로 가세요? 1번이요?"

'난 9번 출구로 나가야 하는데……'

잠시 망설였지만 일단 지상 인도까지는 안내를 해드리는 것이 도리일 것 같아 계속 안내를 하기로 했다. 아저씨는 계단을 오르면서도 스틱을 앞쪽에 세워서 스틱 끝이 계단에 걸려 소리가 나게 하며 걸었다. 계단의 위치와 느낌을 느끼기 위한 나름의 노하우인 듯 싶었다. 지상으로 올라오니 광고전단을 배포하던 아주머니께서 아저씨를 알아보고 골목길을 안내해주셨다. 아무래도 이 아저씨가 정기적으로 이곳을 지나 다니고 있는 듯했다.

난 아저씨께 잘 가시라는 인사를 하고 다시 지하도로 향했다. 내가 가야 할 방향은 정반대 방향이었기 때문이다. 아저씨도 고맙다는 인사를 잊지 않으셨다. 아저씨를 안내해 드리느라 시간이 좀 지체되긴 했지만 마음만은 넉넉해진 느낌이었다.

## 입장 바꿔 생각해 본다면

전 직장에서 휠체어를 탄 장애인 동료와 오래 근무를 같이 했다. 그들은 수시로 비장애인의 도움을 필요로 한다. 하지만 비장애인은 그들에게 가까이 가기를 꺼린다. 더러는 마음이 있어도 상대가 어떻게 받아들일지 몰라 망설이는 경우도 많다. 그럴 필요 없다. 입장을 바꿔서 생각해보고 내가 장애를 가졌다 생각해 보면 무엇을 어떻게 도와드리는 것이 좋을지 알 수 있다.

그들도 우리와 똑같은 사람이고 불편한 것에 대해 도움을 받기를 원한다. 혹시 도움을 주려고 하는데도 거절하면 어쩔 수 없겠지만 대부분의 경우는 우리의 도움을 기다리고 있다. 장애인이라는 선입견을 버리고, 우리가 잠시 다리를 다치면 불편해지듯이 그들도 우리와 똑같은 이웃이라는 생각으로 함께 더불어 살아가자.

# 단감 수확의
## 추억

동생네 정원에서 단감을 수확했다. 동생이 단독주택으로 이사를 하면서 잔디밭 정원에 단감나무 네 그루와 대봉 한 그루를 심었는데 예상외로 잘 자라 해마다 가을이면 서울 사는 형제들이 모여 감 수확을 한다. 보통 한 해에 단감만 500~600개 정도를 수확하는데 1,000개 정도로 많이 딴 적도 있다.

시중에서 산 감보다 당도도 높다. 아는 분이 하시는 탕제원에서 한약 찌꺼기를 마대자루에 담아와 감나무 밑에 묻어주었더니 처음에는 시들거리는 듯하다가 완전히 건강해졌다. 아마도 그 한약 찌꺼기가 다 썩어 거름 역할을 잘했나 보다.

## 아낌없는 단감 나눔

옛날 시골집에는 담벼락 쪽으로 마을에서 가장 큰 먹감나무가 한 그루 있었다. 한 그루라고는 하지만 커다란 기둥 줄기가 세 개로 갈라져 올랐기 때문에 실제로는 세 그루나 진배 없었다.

서리가 내리고 김장을 할 때쯤 아버지는 대나무 깃대 끝에 낫을 묶고 바로 밑에는 작은 망태 주머니를 달아 감을 따셨다. 내가 5학년이 된 뒤로 감 따는 일은 거의 내 몫이 되었다. 나는 15미터 넘는 높이까지 올라가 감을 땄다. 감나무에 올라가면 우리 마을이 한눈에 들어왔다.

보통 한 해에 1,000~1,300개 정도를 수확했는데 커다란 광주리 서

_ 동생네 정원에서 수확한 단감

너 개를 가득 가득채웠다. 마을 아주머니들은 내가 감나무에서 감을 따는 것을 보고는 우리 집으로 오셔서 감을 조금씩 얻어가셨다. 아버지는 미처 오지 못한 분들 중에 감나무가 없거나 특별히 감을 좋아하시는 분들에게 감을 조금씩 나누어주셨다. 남은 감은 서울 외숙 집에도 보내고 누님 집에도 보내셨다. 크고 좋은 감을 보내주고 남은 감은 지붕 위에 쌓아 놓고 짚으로 덮어두었다가 한겨울에 연시로 만들어 간식처럼 꺼내주셨다.

## 감 따는 재미

아버지께서 돌아가시기 몇 해 전에 세 기둥 줄기 중 가장 실하고 건강한 두 줄기를 베어버렸다. 이웃집에 새로 이사 온 주인이 집을 지으면서 우리 감나무가 너무 커서 집 짓는데 방해가 되니 좀 베어주시면 좋겠다는 부탁이 들어와서였다. 한옥 대목장이셨던 아버지는 누구보다 건축에 관한 한 전문가이셨기에 그 부탁을 거절하지 못하셨던 것 같다.

아버지가 돌아가시고 나자 감나무의 나머지 줄기도 서서히 죽어가기 시작하더니 이제는 밑에 가지 몇 개만 남아있을 뿐이다.

동생이 정원에 감나무를 심은 것도 그 영향이 컸던 것 같다. 서울에 있는 형제들이 모두 아파트에 사는데 혼자만 60평 정도 되는 단독을 사더니 잘 가꾸어진 잔디 정원을 포기하고 감나무를 심은 것이다. 우리가 어릴 적에 감나무를 보고 자랐듯이 아이들에게 감나무가 있는 정원을 보여주고 싶었을 것이다.

덕분에 매년 감 따는 재미가 쏠쏠하다. 당분간 이런 호사를 매년 누릴 수 있을 것 같다. 옛 추억을 떠올릴 수 있는 행복을 준 동생이 새삼 고맙다.

# 봄의
## 속삭임

새해 들어 고등학교 동기들과 북한산 비봉 능선을 오르기로 했다. 7211번 마을버스를 타고 만남 장소인 불광역으로 향했다. 원래는 7~8명 나오기로 했지만 나를 포함해 넷만 모였다. 우리는 간단히 준비 운동을 하고 족두리봉370m으로 향했다. 아침에 집을 나설 때까지만 해도 기온이 영하 8도까지 내려간 데다 바람까지 많이 불어 몸을 움츠렸는데 햇살이 좋아서 수은주는 빠르게 올라갔다.

일행 중 종호는 다리도 긴 데다 건설회사에 오래 근무한 경륜이 있어 성큼성큼 잘 따라오는데 홍식이가 문제다. 조금 심하게 걸으면 심장에 심하게 압박이 느껴져 빨리 걸을 수가 없단다.

홍식이는 산에 오르기 전에 주머니에서 조그만 약병을 하나 보여준다. 혹시라도 자기가 산행 중 쓰러져 일어나지 못하면 이 알약을 꺼내서 혀 밑에 넣어달란다. 정확히 무슨 병인지는 물어보지 않았지만 신경이 쓰이는 것은 사실이다. 이런 상황에서 뭐 굳이 무리하게 산행을 하려고 하느냐 물었더니, 그래도 운동을 꾸준히 해줘야 한단다. 산을 오르는 내내 신경이 쓰이긴 했지만 다행히 별다른 일은 일어나지 않았다.

## 겨울에서 봄으로

산 정상으로 갈수록 사람들이 붐비기 시작했다. 응달에도 얼음이나 잔설이 별로 보이지 않는 것을 보니 이대로 기온만 조금 더 오르면 봄이 바로 올 것만 같다. 이른 봄에 피는 갯버들과 진달래, 목련, 산수유 등은 벌써 꽃눈과 잎눈이 겨우내 쓰고 있던 갑옷을 벗어던지고 몸을 부풀리기 시작했다. 어느 새 봄 기운이 이들을 긴 겨울잠에서 깨우기 시작한 것이다.

오늘은 가볍게 산보를 하면서 겨울과 봄 사이를 흔들거리며 거닐어 본다. 하산 후에는 종호의 제안으로 광장시장 먹자골목으로 향했다. 간만에 몸도 입도 즐거운 날이다.

## - 자작시 **봄의 속삭임**

하얀 잔설 비집고
노오란 복수초 배시시
두 눈을 깜박이면
주눅든 동장군
주춤주춤 뒷걸음질

해산 달이 다된 팔삭둥이 산수유
얼굴 가득 햇살을 머금고
겨울잠 자던 북한산 계곡
긴 한숨 토해내며 봄을 부른다.

아물거리는 햇살에
갑옷마저 벗어던진 버들강아지
곱게 빗은 솜털 옷 사이로
실눈 비비고 깨어난다.

창문을 열면
봄 향기 가득 실은 햇살 한 줌
님의 속삭임 한껏 담아
창가에 몰래 뿌려놓고
계절은 봄과 겨울 사이를
흔들거리며 다가온다.

# 느티나무
## 살리기

아파트 뒤 조그마한 로터리 화단에 수년 동안 잘 자라던 느티나무가 시들시들 하더니 끝내 수명을 다하고 말았다. 봄이면 연두색 새싹을 피워내며 사람들의 마음을 설레게 하고, 여름이면 마을 어르신들에게 그늘을 제공해주고, 가을이면 뭇 처녀, 총각들의 마음을 움직였던 그 느티나무가 끝내 주민들 곁을 떠난 것이다.

그동안 구청에서는 마을의 상징이기도 한 이 느티나무를 살리기 위해 많은 노력을 기울였다. 주기적인 물 주기와 가지치기는 물론, 영양제 주사까지 갖은 정성을 다 들였지만 노력한 보람도 없이 한번 기울기 시작한 느티나무는 계속해서 마른 나뭇가지를 늘려 가더니 가을이 채 끝나기도 전에 고사枯死를 하고 말았다.

동네 사람들은 그곳을 지나칠 때마다 나무를 쳐다보며 너무나 아쉬워했다. 나무가 그리 오래된 것도 아니고 아직은 잎과 가지를 무성하게 피워내야 하는데 이해가 되질 않았다. 사람들은 나무가 고사한 원인에 대해 각자 나름의 지론을 폈다. 염화칼슘 때문이다, 전신주에서 오는 전자파 때문이다. 말들이 많았다. 내가 보기엔 아무래도 수맥의 영향이 아니었을까 생각 한다.

## 부디 오래 자라기를

동네 한가운데 고사한 나무가 서 있는 것은 보기에도 좋지 않아 구청에서는 곧바로 나무를 베어버렸다. 그리고 봄기운이 완연한 어느 날, 어디서 구해왔는지 훨씬 노령의 느티나무를 옮겨와 바로 그 자리에 새로 심었다. 기중기와 포크레인이 출동하고 많은 인부가 동원되어 나무를 새롭게 옮겨심고 주위를 단장했다.

주위에는 동네 어르신들이 나와 구경을 하시며 한마디씩 거드셨다. 그 큰 나무가 갑자기 죽은 것은 반드시 무슨 원인이 있을 것이니 그 원인부터 조사하여 처방을 하고 나무를 심어야 한다는 것이다. 당연히 맞는 말이다. 하지만 구청에서는 그런 절차는 없었던 것 같다. 단지 계절이 더 늦기 전에 나무부터 옮겨심어 허전한 공간을 메우는 것이 더 급한 듯했다.

여하튼 나무는 새로 심어졌고 봄은 왔다. 나뭇가지마다 잎눈이 달려 있는 것을 보니 조만간 새순을 틔워낼 것이다. 나무가 환경적인 요인을 잘 극복하고 마을을 상징하는 큰 정자나무로 자라주기를 기원했다.

하지만 아쉽게도 그 느티나무는 이후 두 해를 넘기지 못하고 시들시들 죽고 말았다. 무슨 연유일까? 구청을 찾아가 담당자와 원인에 대해 의견을 나눠볼까도 생각해보았지만 거두기로 했다. 그들이 알아서 잘 처리해줄 것이라 믿기로 했다. 다시 또 한 해가 지나고 지금 그 자리엔 나무수국과 화초들로 화단이 만들어졌다. 수국이 잘 자라는 것을 보니 아마도 수맥의 영향이 아니었을까 짐작을 해본다. 느티나무 그늘이 없어진 것은 아쉽지만 꽃이라도 볼 수 있어 그나마 다행이다.

# 하루 정도
## 쉬어가기

어제부터 입 안에 혓바늘이 돋는가 싶더니 오늘은 제법 신경이 쓰일 정도로 따끔거린다. 지난 주 열흘 가까이 잠을 제대로 못 자고 몸을 움직인 것이 무리가 되었나 보다. 몸이 좀 쉬어달라고 보내는 신호다.

마침 아침부터 비가 오락가락하기에 아예 하루를 쉬기로 마음 먹었다. 아침을 먹고 바로 서재로 들어와 앉아 있으니 집사람이 궁금한지 살며시 다가와 묻는다.

"오늘은 어디 안 나가는 거예요?"

"응, 그냥 집에서 쉬려고……."

"과일 좀 갖다 줄까요?"

"아니, 커피나 한 잔 뽑아다 줘."

## 최고의 휴일은 내 마음이 마련하기 나름

간만에 향 좋은 커피를 앞에 두고 일주일 동안 밀린 일기를 정리했다. 생각해보니 일기 말고도 해야 할 일이 많았다. 강의 자료도 만들어야 하고 취업 코칭과 기술 면접 특강자료도 만들어야 했다. 언젠가 사다 놓은 책도 읽고 출판 예정인 시집도 다듬어야 했다.

집에서 쉰다고 했지만 오히려 더 많은 일을 하게 될 것 같았다. 일이라 생각하면 하기 싫어질 테니 부담을 갖지 말고 하고 싶은 것만 하고 내키지 않은 것은 덮어두기로 했다. 마음을 그렇게 먹으니 다시 평안해졌다. 집사람에게는 나 신경 쓰지 말고 나가서 친구들 만나고 오라고 했다.

홀로 서재에 머무는 순간이 행복하다. 점심을 먹고 나서는 소파에 누워 낮잠도 한숨 잤다. 아무 방해도 받지 않고 하고 싶은 일만 하다 보니 하루가 너무도 빨리 지나간다. 저녁엔 집사람이 시원한 막걸리를 준비해준다. 간만에 나만이 누리는 최고의 휴일이었다.

# 나이가 들면
## 챙겨야 할 세 가지

매월 셋째 주 목요일에 있는 동문 모임에 오랜만에 참석하신 선배님 말씀이 기억에 남는다. 주제는 '나이가 들면서 느끼는 것들'이라고나 할까? 선배님은 크게 세 가지로 구분하여 말씀해주셨다. 그것은 건망증, 건강, 재산 상속 등이다.

나이가 들면 우선 건망증으로 인한 실수를 자주 하신단다. 그중에서도 지인들 경조사로 인한 실례가 많다고 한다. 휴대폰에 저장하고 달력에 표시해두었다가도 꼭 그날만 되면 까마득히 잊어버리고 다른 약속을 해서 나중에 변명 아닌 변명을 하게 된단다.

다음으로는 건강이다. 특별히 다치거나 운동을 안 하는 것도 아닌데 예상치도 않았던 곳이 갑자기 아프곤 한단다. 잠자리에서 일어나면서, 골프를 치면서, 기지개를 켜면서, 볼 일을 보면서 등 때와 장소를 가리지 않고 수시로 찾아오기에 매사 조심해야 한다는 것이다. 얼마 전에는 소변을 보는데 너무 아프고 혈뇨가 나와 병원에 갔더니 신장에 지름이 2미리미터 정도 되는 결석이 박혀 있더란다. 수술은 겁이 나서 레이저로 깨고 있는데 한 번 치료하는데 40여 분이나 걸리고 통증도 엄청난데 앞으로도 4~5회 더 받으셔야 된다며 걱정을 한다.

**알지만 실천하지 못하는 것들**

마지막으로, 자녀들에 대한 재산 상속을 말씀하셨다. 큰아들 장가 보낼 때 전세만 얻어주고 집을 나중에 사준다고 했더니 얼마 지나지도 않아 집 타령이란다. 그러면서 선배는 자식에게 재산 상속에 대해서는 미리 이야기하지 말라고 하신다.

재산이 많은 부모나 할 수 있는 이야기이긴 하지만, 난 개인적으로 우리도 외국처럼 아이들에게는 처음부터 독립심을 길러주는 것이 중요하다는 생각이다. 한번 부모에게 기대기 시작하면 자신이 스스로 노력은 해보지도 않고 의타심만 길러지기 때문이다. 어쩌면 부모보다 훨씬 능력이 많은 자녀들이 부모의 잘못된 자식 사랑 때문에 영원히 묻혀버리는 일은 없었으면 하는 마음이다. 부모가 자식에게 물려주는 것은 언제든 할 수 있는 일이지만 한번 자식에게 넘어간 재산은 부모에게 다시 돌아오지는 않는다.

　선배의 이야기를 들으면서 모두가 공감을 표했다. 이제 우리 나이도 건망증과 건강, 재산 상속에 대해 생각해볼 때가 되었다. 항상 염두에 두고는 있지만 잘 실천하지 못하는 것, 이번 기회를 통해 다시금 다잡아볼 수 있었다.

# 나를 고집하는 순간
## 사람은 퇴화된다

송년회를 겸해 전 직장에서 친하게 지내던 후배들과 간단히 한 잔을 기울였다. 내 뒤를 이어 기술이사로 자리를 확고히 굳힌 후배, 이직 후 괄목상대한 입지를 다진 후배, 홍보마케팅에서 중요한 역할을 하는 후배……

세월이 흘러도 언제나 같은 모습으로 함께 해주는 후배들이 있어 감사하다. 예전에 내가 쌍용에서 잘 나갈 때, 또 막판에 힘들었을 때 항상 곁에서 응원하며 나를 보좌해주었던 친구들이다. 한때는 나를 시기하던 세력에게 따돌림을 받기도 했지만, 실력을 인정받아 당당히 자기들의 위치에서 제대로 된 역할을 하면서 자리를 지키고 있다. 1년에 서너 차례 식사나 술자리를 함께 하며 서로 긴밀히 정보 교류도 하고 각자 고충을 상담하기도 한다.

## 세월이 흘러도 사람이 재산이다

사람은 혼자 살아갈 수 없는 일, 예전에는 내가 후배들을 가르치고 이끌어주었지만 지금은 내가 후배들에게서 새로운 기술 동향이나 트렌드에 대해 듣게 된다. 대신에 난 이들에게 직장생활에 있어서의 갈등 관리나 인간관계에 대해 주로 상담을 해주곤 한다.

공자도 '삼인행 필유아사三人行 必有我師'라 했다. 나 역시 후배들을 만날 때마다 내가 더 새로워짐을 느낀다. 이들도 나를 통해 새롭게 얻어가는 것이 있었으면 좋겠다.

지금은 나이에 상관없이 마음을 열어 놓고 받아들일 것은 과감히 받아들여야 하는 시대다. 나를 고집하는 순간, 퇴화되기 시작한다. 그래서 난 앞으로도 젊은 후배들을 자주 만나 최신 트렌드와 신선한 에너지를 계속 받아들일 생각이다.

# 창작의
## 고통

후배 한 명이 자기도 글을 써보고 싶다고 했다. 후배는 내가 가끔 SNS에 올려주는 시와 수필을 읽으면서 식지 않는 창작의 열정에 감동했다며 자신도 인문학에 관심이 많으니 인문학 관련 글을 써보고 싶다는 것이다. 나는 적극 환영하며 지지를 해줬다.

며칠 후부터 후배는 약속대로 아침마다 인문학 이야기를 올리기 시작했다. 인생과 사랑, 삶의 의미와 가치 등에 대한 형이상학적인 고뇌가 느껴지는 글이 신선한 자극으로 다가왔다. 그리고 나와 비슷한 글쟁이가 또 있었구나 하는 동료애도 느껴졌다.

그런데 어느 때부터인가 글이 좀 짧아지면서 일상적인 잡다한 이야기로 채워지기 시작했다. 난 속으로 '이 친구가 벌써 싫증이 난 걸까? 아니면 밑천이 드러난 것일까?' 하는 생각이 들어 조금 아쉬웠다. 글을 쓰다 보면 그럴 때도 있으니 기다려보자 했다. 그런데 며칠 후 SNS에 뜻밖의 글이 올라왔다. 당분간 인문학 이야기를 쉬겠단다. 그동안 창작의 고통이 많이 힘들었다면서…….

## 자신과의 싸움

아직 한 달도 안됐는데 벌써? 좀 아쉽다는 생각은 들었지만 창작을 한다는 것이 생각만큼 그리 쉬운 일은 아니기에 그 마음은 충분히 이해가 되었다. 난 같은 글쟁이로서 그 심정 충분히 이해한다며 그동안 수고 많았고 좀 쉬다가 다시 글이 쓰고 싶을 때 언제든 돌아와 다시 시작해달라고 격려를 해줬다. 글을 써보지 않은 사람은 그 고통을 잘 모를 것이다. 글이 잘 써질 때도 있지만 그렇지 않을 때도 많다. 시든 수필이든 머릿속에서는 쓰고 싶은 이야기도 많고 표현하고 싶은 시상도 많은데 적절한 제목도 문구도 떠오르지 않을 때는 그대로가 고통이다. '그러게 누가 글을 쓰라고 했냐고요?' 하면 할 말은 없다. 그것은 나 자신과의 싸움이기 때문이다. 그런데 가끔은 생각 없는 독자들 때문에 상처를 입는 경우도 있다. 누구나 자기가 해보지 않은 일은 쉽게 평하고 우습게 여길 수 있다. 하지만 그 이면에는 작가 나름의 인고의 시간이 있었다는 사실을 이해해주었으면 한다.

# 6년 살다 간
## 보일러

아침에 샤워를 하려는데 온수가 나오질 않았다. 혹시나 해서 부엌에 있는 수도꼭지를 틀어봐도 역시 나오지 않았다. 집사람에게 이야기했더니 보일러 연소기가 고장이란다. 매뉴얼을 보고 몇 번씩 재시도를 해봤지만 그럴 때마다 곧바로 중단이 되면서 계속해서 '45' 번 에러코드가 떴다. 하는 수 없이 고객만족센터에 전화를 걸어 에러코드를 불러줬더니 대뜸 이렇게 말했다.

"보일러를 통째로 교체하는 것이 좋겠네요."

"아니, 아직 겉은 멀쩡한데 에러 한 번 떴다고 교체를 하라니요?"

되물었더니 우리 아파트에 설치한 보일러가 신제품인데 구 모델에 비해 수명이 짧고 한 번 고장이 나면 부품을 교체해도 얼마 가지 않아 다시 고장이 날 수 있기 때문에 벌써 여러 집이 교체를 했단다. 이제 겨우 6년 남짓 사용한 보일러가 그런 문제가 있으면 리콜을 해

쥐야 하지 않느냐고 물었더니 AS 기간이 지나 대상이 아니란다. 통째로 교체하는 비용은 65만 원. 갑작스럽게 생각지도 않은 돈이 들어가게 생겼다.

## 점점 짧아지는 제품 수명

난감해 하니 집사람이 가족 카톡방에 보일러 교체 건에 대해 올렸다. 잠시 후 큰딸 다미가 중요한 것이니 자기가 교체 비용을 지원해주겠단다. 집사람은 곧바로 '우리 큰딸 쿨하네. 고마워~~!!' 하고 답글을 올렸다. 난 미안한 마음에 침묵을 했다. 자기도 결혼준비에 바쁘고 쪼들릴 텐데 집안일까지 일일이 신경 써주는 것이 고맙긴 한데 마음이 편치만은 않았다. 생각 같아서는 '그럴 것 없다' 고 말하고 싶은데 참기로 했다. 애들이 준다고 할 때 사양하지 않고 받는 것도 필요할 것 같아서였다. 그나저나 보일러 수명이 10년도 안 되면서 열심히 광고만 해대는 그 브랜드가 얄미워 한바탕 따지고 싶지만 참기로 했다. 예전에 쓰던 가스레인지나 기름보일러는 몇 십 년도 넘게 썼던 것 같은데 최근 제품들은 갈수록 내구성이 떨어지고 있다. 아마도 재수요 창출을 위한 마케팅 전략의 일환이 아닐까 하는 생각이다. 이해는 되지만 아무리 그래도 6년은 너무 짧다.

# 어머니의
## 마지막 된장

아침 밥상에 우거지 된장국이 나왔다. 한 숟갈 맛을 보는 순간, 뭔지 모를 그윽함과 고향의 맛이 느껴졌다.

"이 된장국 정말 맛있는데…?!"

그러자 집사람이 10년 넘은 된장으로 끓인 것이란다. 그런 된장을 어디서 구했냐고 물으니, 어디서 구한 게 아니라 옛날에 어머님이 마지막 된장이라고 싸주셨던 것인데 그동안 어디에 둔 줄을 모르고 있다가 이제야 찾아낸 것이란다. 밀폐용기에 넣어 두었는데 이렇게 하나도 상하지 않고 그대로 보존되어 있었다는 것이다. 집사람이 열어 보이는 자주색 통을 들여다보니 마치 금방 장독에서 꺼내 온 된장처럼 신선해보였다. 보관 용기의 성능보다 더욱 내 마음을 뭉클하게 하는 것이 있었다. 바로 그 된장이 우리 어머니께서 직접 담그신 마지막 된장이라는 것이었다. 어머니는 몸이 불편하신 중에도 매년 자식들에게 나눠줄 된장과 고추장을 손수 담가 주셨다. 아마 그 된장은 어머니가 돌아가시기 6~7년 전에 담그신 깃 같았다.

**어디서도 구할 수 없는 보물**

어머니께서는 이 된장을 마지막으로 이듬해 봄에 신장투석을 시작하셨고, 이후 5~6년 가량을 요양병원에서 지내셨다. 그러니 그 된장은 투석을 시작하시던 2007년 추석에 휠체어를 타고 시골집에 가셨다가 남아 있는 된장과 고추장을 정리하시면서 싸주신 것이었다. 그 후 어머니는 다시 요양병원에 입원을 하셨고, 2013년 9월 30일 하늘나라로 떠나실 때까지 차편으로 잠깐 스치듯 들렀을 뿐 더 이상 시골집에서 잠자리를 하시지는 못하셨다.

까마득히 잊고 있다가 우연히 발견한 어머니의 된장, 이제는 어디서 구하려 해도 구할 수 없는 소중한 보물이었다. 나는 집사람에게 매일 먹지 말고 특별히 생각날 때 생된장이나 맛장으로 조금씩 먹을 수 있게 해달라고 부탁했다. 집사람도 내 뜻을 알겠다는 듯 잘 보관하겠다며 뚜껑을 덮었다. 그날따라 어머니가 너무나 보고 싶었다. 어쩌면 그날 돌아가신 어머니께서 우리 집을 방문하셨을 지도 모른다는 생각이 들자 하루 종일 마음이 푸근해졌다.

# 어느덧
## 건망증이 일상

아침에 출근하려고 외투를 찾으니 보이질 않는다. 옷걸이를 다 둘러봐도 비슷한 옷도 없다. 집사람에게 물어보니 모른단다.

"그럼 어디 갔지?"

"옛날처럼 어디 식당 같은 데 벗어놓고 온 것 아닐까?"

하지만 그건 좀 억울하다. 한참 술 많이 마실 때는 술에 취해 목도리며 코트 등을 빠뜨리고 다닐 때가 종종 있었지만 요즘은 밖에서 취할 정도로 술을 마시질 않기 때문에 물건을 흘리고 다니는 일은 거의 없기 때문이다.

출근길을 재촉하면서도 머릿속으로는 어제의 행적을 추적하느라 바빴다. 사무실, 식당, 상가, 버스……. 이윽고 사무실에 도착해 살펴보니 놓고 갈 만한 곳이 없었다. 다음은 지갑에 넣어둔 결제 영수증을 뒤져 식당으로 전화를 했다. 식당 아주머니는 우리를 정확하게 기억하셨고 우리 테이블을 직접 정리하셨다며, 놓고 간 물건은 없었단다.

## 수시로 메모하고 되뇌고

그렇다면 정답은 한 곳, 바로 우리 집이다. 혹시 거실이나 안방에다 놓고 나왔을지도 모른다는 생각이 들었다. 집사람에게 전화를 걸어 서재 옷걸이와 안방, 거실까지 다시 한 번 잘 찾아보라고 부탁을 했다.

잠시 후 집사람에게서 전화가 왔다. 외투를 찾았단다. 서재 옷걸이 안쪽에 있었다는 것이다. 아침에 찾을 수 없었던 것은 내가 바바리를 먼저 옷걸이에 걸고 그 위에 콤비를 걸었기 때문이다.

외투를 찾은 것은 다행이지만, 내가 직접 벗어 걸어두고도 어디에 두었는지 까마득히 몰랐다니 정말 답답할 노릇이다. 갱년기 여자들만 건망증이 심한 줄 알았더니 이제는 나도 예외가 아닌 듯해 씁쓸한 생각이 들었다. 더 큰 실수를 하지 않기 위해서는 수시로 메모하고 돌이켜 되뇌어보는 수밖에 없는 듯하다.

# 장마와
## 과일

복숭아 수확철이 다가왔다. 며칠 전 남원 누님께 전화를 해보니 계속된 장맛비에 올해 복숭아 농사는 반타작도 건지기 어려울 것 같단다. 엎친 데 덮친 격으로 일손까지 부족해 얼마 되지도 않는 복숭아를 제때 따지 못해 계속 떨어지고 있단다. 마음이 짠했다. 셋째 형에게 전화를 해서 사정을 이야기하고 우리라도 한 번 다녀오자는 제안을 했다.

아침 5시 반 출발, 형과 둘이서 교대로 운전을 하며 쉼 없이 달리니 두 시간 반 만에 과수원에 도착했다. 우린 곧바로 작업복으로 갈아입고 과수원으로 향했다. 그날따라 일꾼은 한 명도 구하지 못하고 누님과 매형 두 분이서 따고 계셨다.

바닥에는 계속된 장맛비에 떨어진 복숭아들이 즐비했다. 이런 낙

과들은 크고 잘 익은 것이 대부분이다. 크고 잘 익으니 약간의 비바람에도 힘없이 떨어지고 만다. 나무 위에 달린 열매들도 약간씩 마른 상처나 물 기스로 인해 썩어가는 것이 많았다.

## 어쩔 수 없는 하늘의 일

다음 주엔 또 한 차례 비가 온다고 하니 조금 덜 익은 것들까지 수확을 하란다. 과일은 무엇보다 잘 익고 수확 전 일조량이 많아야 당도가 높아지는데 그날 딴 복숭아는 조생종이라 일조량이 길지 않은데다 최근 비가 많이 와서 햇볕도 많이 못 받았고 완전히 익지도 않은 것까지 따고 보니 맛은 별로다. 그래도 비바람에 떨어져버리는 것보다는 나으니 울며 겨자 먹기 식으로 수확을 해야 했다.

장마와 과수 농사는 상극이다. 그렇다고 마른장마만 바랄 수는 없는 일이니 하늘의 일이라 생각하고 받아들인단다. 오랜 경험에서 터득한 두 분의 삶의 자세가 아름답게 느껴졌다.

# 가을비에
## 녹아드는 아쉬움

　아침부터 금방이라도 눈발이 날릴 것처럼 음산하더니 아니나 다를까 점심을 먹으러 나오니 빗방울이 떨어지기 시작한다. 오는 듯 마는 듯 내리는 가랑비지만 황사에 미세먼지까지 섞여 있다고 하니 다시 사무실로 올라가 우산을 챙겨나온다. 갑작스런 빗방울에 거리의 사람들은 우산을 쓴 사람과 쓰지 않은 사람이 반반이다. 예전 같으면 이 정도 비쯤은 낭만 삼아 맞을 수도 있는데 요즘은 산성비나 미세먼지로 인해 웬만하면 우산을 챙기게 된다. 낭만보다는 건강이 우선이기 때문이다.

　거짓말처럼 내리는 가을비에도 거리의 낙엽들이 기다렸다는 듯이 우수수 떨어진다. 어제까지만 해도 사무실 앞 은행나무와 플라타너스 가로수는 반쯤 물든 단풍으로 보기 좋았는데 오늘은 인도를 거의 덮을 정도로 많은 낙엽이 떨어지고 있다. 가느다란 바람결에도 낙엽이 우수수 떨어진다. 이럴 때면 가을비에 녹아 흐르는 그리움을 어디에 지금이라도 해둬야 할 것처럼 아쉽게만 느껴진다. 내일 아침이면 휑하니 벗겨져 있을 가로수를 생각하니 벌써부터 마음 한 구석이 쓸쓸해져 온다.

## 다가오는 겨울이 더 아름다우려면

올 가을은 유난히 계절의 아름다움을 느낄 시간이 없었다. 녹음 뒤엔 바로 앙상하게 남은 가지들만 반겨준다. 가끔씩 단풍이 무리 지어 자리하고 있는 곳도 있지만 1주일을 못 넘기고 떨어져버린다.

가을이 여름과 겨울의 틈바구니에서 잠시 머물렀다가 쫓기듯이 줄행랑을 치는 것 같다. 글로벌 경제 동향과 혼란스런 시국도 한몫을 한 듯, 사람들이 그나마도 짧은 계절을 느껴보지도 못하고 한숨으로 아까운 시간을 다 보내고 있는 듯하다. 좀 더 사람 냄새 나는 세상에서 서로 믿고 도와가며 견디어내고 가끔은 이 가을의 정취도 느껴가며 살아야 하는데 올 가을은 이래저래 힘든 시간을 보내고 있다. 어떻게 하든 세월은 흘러가고 계절은 또 바뀌겠지만 그래도 아직 남은 가을의 끝자락일랑 느끼며 살아갈 수 있는 여유를 가져볼 일이다. 그래야 다가오는 겨울도 더 아름답게 맞이할 수 있을 테니까.

# 새 생명의
## 탄생

　결혼하면 내 집 마련을 먼저 하고서 2세를 갖겠다던 다미가 약속대로 결혼 3년 만에 기다리던 손주, 준범이를 안겨주었다. 막연하게 기다리긴 했지만 막상 할아버지가 되었다고 하니 얼떨떨하다. 너무 반갑고 좋으면서도 한편으론 내가 벌써 할아버지가 되었다는 사실이 낯설기만 했다. 3일째 되는 날, 우리는 처음으로 손주를 보기 위해 산부인과 병원을 찾았다. 신생아인데도 이목구비가 또렷한 것이 새삼 새 생명의 숭고함을 느끼게 한다.

　준범이는 어느 아기들보다 잘 먹고 건강하게 잘 자란다. 웃기를 잘하고 특히 책을 가지고 놀기를 좋아한다. 난 '해죽이' 라는 닉네임을 붙여주었다. 우연인지 준범이가 태어난 이후로 내가 하는 일도 술술 잘 풀렸다. 태명인 '꿀복이' 처럼 복福을 잔뜩 안고 왔나 보다. 주위에서 외할아버지를 많이 닮았다는 이야기를 듣는 것도 싫지만은 않다. 백일에는 동탄 집에서 사진을 찍었는데 너무 잘 웃어 사진을 보는 사람들마다 백만불짜리 웃음이라 하며 좋아하신다. 그래서인지 우리 합창단에는 벌써 준범이 팬들이 많다. 준범이가 웃는 영상을 보

_ 손주 준범이의 백일

면 스트레스가 절로 사라진단다. 지금처럼 우리 준범이가 항상 건강하게 잘 자라주기를 바라본다.

지난해 우리나라 합계출산율이 0.92명을 기록하며 경제협력개발기구OECD 국가 중 유일하게 '출산율 1명대 미만' 국가로 인구 자연감소시대에 접어들었다. 어느 때보다 신생아의 울음소리가 귀하게 들리는 요즘이다. 이대로 가다가는 인구 감소는 물론이고 경제인구감소로 인해 국가경제 자체를 유지하기가 힘든 상황이 올 수도 있다. 일정 부분은 로봇과 AI가 대체해간다고는 하지만 국가경쟁력 저하는 어쩔 수 없는 현실이 될 것이다. 출산율이 더 이상 떨어지지 않도록 정부, 지자체, 국민이 모두 함께 나서야 할 때다.

요즘 준범이를 못 본 지가 한 달이 넘었다. 전 세계적으로 확산되고 있는 '코로나19' 사태가 좀처럼 진정되지 않아서다. 대신에 다미가 날마다 보내오는 사진과 동영상으로 아쉬움을 달랜다. 5개월 정도 동탄을 오가며 준범이를 돌보던 집사람은 나보다 더 큰 가슴앓이를 하고 있다. 그럴 때마다 화상전화를 걸어 준범이와 장시간 통화를 한다.

처음엔 딴짓만 하던 준범이도 이젠 제법 영상을 보며 반응을 한다.

반응이라고 해야 반짝 웃어주는 것이 전부이긴 하지만 그것만으로도 젊은 할머니의 가슴앓이는 금세 해소가 된다.

하루빨리 코로나 사태가 진정되어 사랑스런 준범이를 마음껏 볼 수 있었으면 좋겠다. 무엇보다 우리 준범이가 살아갈 세상, 아니 그 이후로도 영원토록 우리 후세가 편안하게 살아갈 수 있는 세상이 되기를 소원해 본다.

## 제 2장

살며
글쓰며
사색하며

세상도 사회도 시대도
참 빠르게 변하고 있다.
하루가 멀다 하고 문명의 이기도, 물질도,
사람들의 사고방식도 달라진다.
무섭게 변화하는 세상 속에서
이 변화에 적응하지 못한다면
하루아침에 낙오자가 될지도 모르고
고집만 잔뜩 센 '꼰대'가 될지도 모른다.


나의 주관과 신념을 지키는 것도 중요하지만

아집만으로 세상을 좁게 바라보지 않도록,

그리고 변화를 인정하지 못하여

오감이 퇴화된 옛사람이 되지 않도록

두 눈을 크게 뜨고

받아들일 것은 과감히 받아들이고

인정해야 할 것은 쿨하게 인정해야 한다.

지천명이라는 중년의 나이는
가장 빠르게 퇴화할 수 있는
나이이기도 하지만
가장 젊고 지혜롭게
주변을 관망하여 바라볼 수 있는
빛나는 나이일 수 있다.


오랜 인연을 이어온 벗과 친구들,

일터에서 만났거나 만나게 될 선후배,

이웃과 가족들, 자식과 아내,

변하거나 변하지 않는 시장과 길거리 풍경들,

뉴스와 신문의 이슈와 키워드……


매일 변화하는 세상 풍경에 대한
나만의 생각들을 담으며
오늘도 세상을 배우고 익힌다.

# 지천명知天命,
## 인생의 하프타임half-time

아침에 출근하는데 다미가 물었다.

"아빠는 신입사원들 면접 보실 때 어떤 점을 주로 보세요?"

"그건 왜?"

"임원면접 보면서 잘못 대답한 것이 자꾸 생각나서요."

"그것 너무 신경 쓰지 말아라. 대답 한두 마디 잘못했다고 당락이 결정되는 것은 아니니까 그냥 잊어버리고 있어. 나름 네가 최선을 다했으니 너와 인연이 있으면 될 것이고 인연이 아니면 안 되겠지……."

"그래도 문득문득 생각이 나서……."

"그래, 그럴 수는 있지. 아빠는 그저 네가 뭔가에 열심히 도전하는 모습이 보기 좋다. 하지만 집착은 하지 말고 기다릴 때는 기다리고 포기할 것은 과감히 포기할 줄도 알았으면 좋겠구나."

다미를 셔틀버스 정류장에 내려주고 출근하는데 어느새 부쩍 자라버린 딸아이가 한편 대견하기도 하고 다른 한편으로는 그만큼 나이가 들어버린 내 모습이 생소하다는 느낌도 들었다. 그러면서 내가 신입사원이던 시절 우리 임원들의 모습을 떠올려 보았다. 그때 임원들은 뭐든지 다 알 것 같고 내 맘 속을 훤히 꿰뚫어보는 것 같아 말도 제대로 붙이지 못했는데……. 그래도 임원들은 직원들과 자주 어울리고 대화하기를 원하셨다.

**때론 측은한 50대라는 나이**

어느 새 50대 후반. 머리엔 하루가 다르게 새치가 늘어가고 눈가엔 주름이 깊어만 간다. 술을 많이 마시거나 야근을 하고 나면 예전같지 않게 피로회복이 잘 되지 않는다. 퇴직한 임원 모임이나 시니어 동문 모임에 가면 제일 막내이지만 회사에서는 제일 맏형이다.

나이 50이 되면서 새롭게 깨닫는 것이 있다. 마음은 몸처럼 나이들지 않고, 눈도 취향도 행동도 좀체 세상 사람들이 바라보는 만큼은 늙지 않는다는 것. 다만 성숙한 50대는 부모로서, 배우자로서 그리고 사회적 지위에 걸맞은 근엄함을 수행하면서 자신을 수양하며 살아갈 뿐이라는 것이다.

현대를 살아가는 데 있어 '50이면 지천명知天命한다'는 공자님의 말씀은 그저 옛 성현의 말씀일 뿐이라 생각이 든다. 해가 갈수록 50대는 살아가기가 각박해지고 노후대책 마련에 어려움을 겪고 있다. 때론 위험하고, 때론 측은해보이기도 하다.

남자에게 50대는 사춘기만큼이나 넘기 힘든 나이 같다는 생각도 하게 된다. 자신이 어디쯤 와 있고 무엇을 해야 하고 무엇을 잘 할 수 있는지 다 안다 해도 우리 사회가 그것들을 수용할 수가 없다. 능력 있고 건강이 있어도 그것을 펼칠 수 있는 일터가 없다.

그러니 어찌하랴? 난 우리 50대가 젊은 시절 내내 일관되게 추구해 오던 꿈을 바꿔야 한다고 생각한다. 물질에 대한 욕망을 과감히 내려놓고, 내가 잘할 수 있는 일을 활용한 재능 기부와 봉사로 인간미를 키워 주위로부터 존경받는 어른이 되어보는 것으로 방향 선회를 해보면 어떨까? 되지도 않을 일에 너무 집착하다 보면 시간이 지날수록 더 추해질 뿐이다.

## 하프타임 이후의 뒷심

20세기 최악의 대통령으로 지목된 지미 카터 전 미국 대통령. 그러나 퇴임 이후 그는 세계 평화와 사회·경제 발전에 기여한 공로를 인정받아 노벨평화상을 수상했다. 그는 지금 해비티트의 '사랑의 집 짓기' 사업에 참여해 무료로 집을 짓고 고치는 일을 해오고 있다. 그는 "후회가 꿈을 대신하는 순간 우리는 늙는다"고 말하며 90세가 훨씬 넘은 나이에도 젊은 사람 못지않게 뛰고 있다. 지미 카터가 이렇게 성공적인 인생 후반을 보내고 있는 것은 그가 인생의 하프타임을 잘 활용했기 때문이다.

하프타임은 축구와 같이 전·후반으로 나눠 치르는 경기에서 전·후반 사이의 쉬는 시간을 말한다. 스포츠 중계를 보다보면 전반전을 내주고도 하프타임 후 후반전에서 뒷심을 발휘해 짜릿하게 역전하는 경우를 많이 봤을 것이다. 우리 인생도 마찬가지다. 하프타임을 어떻게 보내느냐에 따라 인생 전후가 완전히 달라질 수 있다.

### 진정한 지천명의 삶을 살려면

《하프타임Half Time》은 미국의 한 케이블 방송사를 성공적으로 이끌었던 밥 버포드Bob Buford가 자신의 이야기를 토대로 쓴 책의 제목이기도 하다. 다른 사람들을 위한 봉사로 여생을 보내고 있는 그는 이 책을 통해 지금까지보다 더 나은 인생 후반을 보낼 수 있는 길을 알려준다. 인생 전반부는 '성공하는 삶'에 초점을 맞추었다면, 인생 후반부에는 '의미 있는 삶'을 추구하며 생애 최고의 시간을 맞이하라는 것이다.

인생의 전반부는 목표 달성과 돈벌이에 집중하며 성공을 위해 달리는 시기다. 교육을 받고, 직장을 잡고, 가정을 꾸리고, 집을 사고, 출세를 위해 최선을 다한다.

그래서일까. 우리는 과거 어느 때보다 물질적인 풍요를 누리고 있다. 그런데 뭔가 부족하다. 특히 40대 중반을 넘어서면 그동안 애착을 쏟던 것에 어느 날 갑자기 허무함을 느끼기도 한다. 남들이 부러워하는 자리에 올랐지만 이게 과연 행복일까 싶다.

만약 조금이라도 이런 생각이 든다면 하프타임에 가까이 온 것이다. 이제부터라도 꿈을 바꾸어보자. 그것이 진정 공자가 말한 지천명의 삶이 아닐까?

# 만우절의
## 작은 웃음

아침에 출근을 하는데 카톡이 하나 왔다. 사무실에 도착해 열어 보니 광주에서 목회 일을 하는 친구에게 온 장문의 메시지다. 자주 연락을 하는 친구가 아니라서 무슨 일인가 하고 읽어 보니 그동안 하던 일을 정리하고 절로 들어가기로 했단다. 목사가 개종이라도 했는가 싶어 긴장하고 마저 읽어내려가니 들어가기로 한 절이 '만우절' 이란다. 오늘이 만우절이라는 것을 알고 있으면서도 꼼짝 없이 당하고 말았다.

그래도 이 정도는 한바탕 웃고 지나갈 수 있는 수준이다. 전에 한 번은 한 직원이 파견 근무지에서 외근을 하는 직원들에게 '오늘 본사에서 긴급회의가 있으니 전원 본사로 출근해 주시기 바랍니다' 라는 문자를 넣는 바람에 대소동이 일어난 적이 있다.

이렇듯 만우절은 가벼운 장난이나 그럴듯한 거짓말로 남을 속이기도 하고 헛걸음을 시키기도 하는 날이다. 동서양을 막론하고 그 정도가 심하지만 않다면 누구나 한바탕 웃음으로 넘어갈 수 있는 것 같다.

## 만우절의 기원

원래 만우절은 서양에서 유래한 풍습으로 '에이프릴 풀스 데이April Fools' Day' 라고도 하여 이날 속아 넘어간 사람을 '4월 바보April fool' 또는 '푸아송 다브릴Poisson d' avril' 이라고도 부른다.

기원에 관해서는 여러 가지 설이 있으나 프랑스에서 유래되었다는 설이 일반적이다. 옛날의 신년은 지금의 춘분春分이 기준점이었는데 그 날부터 4월 1일까지 춘분제가 행해졌고, 그 마지막 날에는 선물을 교환하는 풍습이 있었다.

그런데 프랑스에서는 1564년에 샤를 9세가 지금의 역법을 채택하여 새해 첫날을 1월 1일로 고쳤으나 그것이 일반 서민에게까지는 미치지 못하였다. 때문에 4월 1일을 신년제의 마지막 날로 생각하고 그 날 선물을 교환하거나 신년 잔치 흉내를 장난스럽게 내기도 했는데, 이것이 만우절의 시초가 되어 유럽 각국에 퍼진 것으로 본다.

## 농담이 주는 일상의 에너지

　동양 기원설도 있는데 인도에서는 춘분에 불교의 설법이 행해져 3월 31일에 끝이 났으나 신자들은 그 수행 기간이 지나면 수행의 보람도 없이 원래의 상태로 되돌아갔다고 한다. 때문에 3월 31일을 야유절耶揄節이라 부르며 남에게 헛심부름을 시키는 등의 장난을 치며 재미있어 한 데서 유래하였다고도 한다. 이 밖에 예수 그리스도가 4월 초에 안나스제사장로부터 가야파제사장에게, 가야파로부터 빌라도에게, 빌라도로부터 헤롯 왕에게, 헤롯 왕으로부터 다시 빌라도에게로 끌려다녔는데 그와 같은 그리스도 수난의 고사를 기념하여 남을 헛걸음 시킨 데서 유래하였다는 설도 있다.

　그 기원이야 어찌 시작되었든 간에 오늘날 만우절은 주변 사람들에게 가벼운 장난이나 농담으로 웃음을 주는 날로 인식되고 있다. 한때는 우리나라도 만우절만 되면 허위로 신고되는 전화 때문에 119 대원들이 많은 고생을 하곤 했다. 다행히 엄격해진 법률로 인해 이런 허위 신고 건수가 크게 줄었다 하니 고무적인 현상이다.

　앞으로 우리나라에서도 만우절이 일상생활에서 느끼는 지루함을 떨쳐버릴 수 있는 가벼운 농담으로 삶의 에너지를 충전시켜줄 수 있는 좋은 풍습으로 자리 잡아 가기를 바란다.

# 가해자는
## 모른다

간만에 고향 친구들을 만나 서로의 안부를 묻고 살아가는 이야기를 나눴다. 1년 사이에 많은 변화가 있었다. 갑자기 세 명의 친구가 거의 동시에 암에 걸려 그중 둘은 끝내 다시는 돌아올 수 없는 길을 떠났다. 교직과 공무원, 사업 등 아직 현직에서 잘 나가고 있는 친구들도 있지만 상당수의 친구들이 기존에 하던 일터에서 떠나 새로운 일자리로 옮겼다.

우리 나이에 새로운 일자리라 함은 대체로 정신 노동에서 육체 노동으로, 고연봉에서 저연봉으로의 변화를 말한다. 한마디로 주니어 그룹에서 시니어 그룹으로의 변화를 의미하기도 한다. 자녀들은 대부분 대학생이거나 이미 졸업을 하였고 아들을 둔 친구들은 군 제대를 했다. 더러는 벌써 사위나 며느리, 손주를 본 친구들도 있다. 어느

새 우리가 그럴 나이가 된 것이다.

그런데 나이가 들어도 잊혀지지 않는 것이 있다. 특히 잊을 수 없는 것이 어린 시절 친구들로부터 받았던 마음의 상처다.

## 세월이 지나도 상처는 남는다

언젠가 H라는 친구가 내게 어려운 고백을 해왔다. 자신은 그동안 친구들 모임을 의도적으로 기피해왔단다. 왜 그랬냐고 했더니 언젠가 모임에서 학창시절에 자신을 끔찍이도 괴롭혔던 S라는 친구가 다가와 자신과 아주 절친했던 것처럼 행동하는 것이 너무도 싫었다는 것이다. 내용을 들어보니 학창시절 H는 키가 작고 얌전해 앞에 앉다 보니 공부도 잘 하고 선생님의 심부름도 도맡아 했다. 이를 시기한 S는 다른 친구들을 선동해 H를 왕따시키고 틈만 나면 H를 괴롭혔다. 오죽했으면 결석을 하거나, 학교를 가도 S와 마주치지 않으려고 일부러 피해 다니곤 했단다.

당시 우리 학교는 한 학년이 세 개 반이었는데 공교롭게도 두 사람은 학년이 올라가도 같은 반에 배정이 되었다. S의 괴롭힘은 계속되었고 H는 누구에게 말도 못하고 다시 1년을 가슴앓이를 하며 보내야 했다. S는 H가 다른 친구들과 어울리는 것, 선생님 심부름을 하는 것, 심지어 교실에서 혼자 공부를 하고 있는 것조차 그냥 지나치지 않고 간섭을 해댔다. 지나가면서 머리를 치고 가거나 책을 빼앗아가거나 다른 친구들을 선동해 함께 놀지 못하게 하고 놀려대곤 했다. H는 자신보다 훨씬 키가 큰 S를 어찌할 수는 없었고 그저 마주치지 않는 것이 최선이라 생각하고 피해 다니곤 했다. 그렇게 어찌어찌 졸업을 했고 그 뒤로 두 사람은 30여 년이 훨씬 지나 다시 만났다. H는 S를 보는 순간 등골이 오싹하면서 머리가 쭈뼛 섰다고 했다. 그런데 H를 처음 본 S는 아무렇지도 않다는 듯 다가와 반갑다며 인사를 건넸다. H는 얼떨결에 인사를 받기는 했지만 그때의 기억이 떠올라 영 기분이 나질 않았다. 그러던 중 S가 자신의 옆으로 와서 "우리가 옛날에 참 친했지?"라고 말하는 순간, H는 온몸에 소름이 쫙 번지더란다. 차마 그때의 기억을 말할 수는 없었고 얼떨결에 "그래, 반갑다"하고 말았다. 그런데 나중에 말하는 것을 보니 S는 진짜 그때 자기가 했던 행동을 전혀 기억하지 못하는 것 같더란다.

## 자기중심적인 기억

H는 이런 상황에서 자기가 어떻게 해야 하느냐며 황당해했다. 난 이야기를 다 듣고 나서 H에게 말했다.

"실제로 S는 자신이 했던 행동이 너에게 그렇게까지 상처를 주었을 거라고는 꿈에도 생각 못할 것이다. 그러니 너도 S를 용서해줘라. 그저 철없던 어린 시절 아무것도 모르고 시기와 질투심에 한 일이라고 용서를 해줘라. 그래야 너도 마음이 편하지 않겠니? 혹시라도 도저히 용서가 안 되면 S에게 솔직한 너의 마음을 이야기하고 화해를 하는 것이 좋겠다. 그러면 S는 너에게 몹시 미안해할 것이다. 난 그것보다는 네가 넓은 마음으로 용서를 해주고 S가 지금의 널 기억하듯이 너도 좋은 기억만 기억했으면 좋겠다."

내 말에 H는 어느 정도 수긍하는 듯했다. 그리고 나에게라도 속내를 이야기하고 나니 마음은 후련하다고 했다.

사람들은 흔히 자신이 타인에게 행한 일을 잘 기억하지 못한다. 특히 그것이 다른 사람을 힘들게 한 일일수록 정작 가해자는 자신이 한 일을 잘 기억하지 못하는 것 같다. 그것은 모든 상황을 자기중심적으로 생각하고 해석하고 기억하기 때문이다. 그래서 어떤 사건이나 상황에 대해 제 3자에게 설명하라고 하면 완전히 다르게 설명을 한다. 가해자는 피해자의 입장에 서보지 않았기 때문에 상대의 기분이나 심정을 알 수가 없다. 대인관계에서 역지사지 易地思之란 그래서 더욱 필요한 덕목인지도 모른다. H가 마음의 상처를 씻어내고 S와 좋은 친구로 남기를 바라본다.

# 망각이라는
## 선물

학창시절 누구나 벼락치기 시험 공부를 해본 기억이 있을 것이다. 평소엔 열심히 놀다가 시험시간표가 발표되면 그때부터 시험 일자에 맞춰 과목별로 벼락치기 공부를 한다. 공부를 하는 목적도 순전히 시험을 보기 위한 용도다. 시험을 마치고 강의실 문을 나서자마자 어젯밤에 공부한 내용을 잊어버린다.

이는 특히 대학 시절에 더 그랬던 것 같다. 그래서 대부분의 학부 졸업생은 대학 4년 동안 배운 전공과목의 내용을 깊이 기억하지 못한다. 내 경우를 보면 오히려 졸업 후에 회사 업무를 하면서 컴퓨터 관련 기초 원리가 대학에서 배웠던 수학에서 왔다는 사실을 뒤늦게 깨달은 케이스다.

망각이란 우리 생활에 아주 익숙해져 있는 생리현상 중 하나다. 망각은 나이가 들어갈수록 더욱 왕성해진다. 때로는 이 망각 때문에 불편하기도 하지만 망각으로 인해 치유 받고 안정을 찾아 다시 살아갈 힘을 얻는 편이 더 강하다.

## 망각은 신의 축복

인간이나 자연이나 자기치유 본능을 가지고 있다. 산불이나 태풍, 산사태, 심지어 4대강처럼 인간들이 만든 구조물에 의해서 자연이 크게 훼손되어도 시간이 지나면서 서서히 상처를 스스로 복원해 간다. 사람도 마찬가지다. 너무 아프거나 너무 창피하거나, 너무 힘든 일을 겪고 나도 그 증상이 언제까지나 계속되진 않는다. 아픔은 옅어지고, 기억은 희미해지고, 그래서 또 살아갈 수 있게 된다.

그래서 옛 선인들이 말하기를 인간이 가진 모든 능력 중에서 가장 큰 축복은 망각이라고 했는지도 모르겠다. 힘든 세상에 던져진 인간을 가엾게 여긴 신이 주신 선물, 그것이 바로 망각이다.

흔히 우리나라 사람들은 냄비 근성이 있다고 말한다. 이것 역시 망각에 근거한 이야기다. 대개는 부정적이거나 자학적인 의미로 쓰이긴 하지만 어쩌면 그것 또한 우리 민족이 가진 중요한 장점 중의 하나일 수 있다. 그렇지 않았다면 숱한 전쟁과 고난의 순간을 어떻게 견디어 왔겠는가?

## 절대 망각해서는 안 되는 것

연구 결과에 의하면 인간은 너무 힘들면 자신을 보호하기 위해 기억을 망각하거나 각색하게 되어 있다고 한다. 힘들고 어려웠던 순간은 잊어버리기도 하고 스스로 미화시키기도 한다. 그래서 아무리 힘들었던 과거도 아름다운 추억으로 그리워하게 된다.

돌이켜 보면 내게도 그런 순간이 많이 있었던 것 같다. 어쩌면 최근의 일도 시간이 지나고 나면 비슷한 정제 과정을 거칠 것이다.

하지만 망각이 아무리 좋은 선물이라 해도 때로는 잊어서는 안 될 일도 있다. 바로 세월호 사고와 같은 것이다. 아무리 아프고 아무리 힘들어도 그 사고만큼은 우리 모두가 끝까지 잊지 말고 사고의 원인과 제도상의 문제점, 관련자들을 발본색원하여 두 번 다시 유사한 사고가 재발하지 않도록 철저하게 개선해나가야 할 것이다.

망각의 시간을 기다리고 있는 사람들을 엄중히 감시하고 경고해야 한다. 우리의 후손을 위해서.

# 나눔에도
# 예의가 필요하다

'Make hay while the sun shine. 햇빛이 비칠 때 건초를 말려라'

고등학교 2학년 첫 시간에 영어 선생님께서 칠판에 적어 주신 속담이다. 고 2 시절이 부족한 과목을 보완할 수 있는 골든타임golden time이라는 의미로 적은 것이다.

이후 가끔 종합영어나 토플 등에서 이 예문이 보이면, 지금 내가 중요하게 해야 할 일은 무엇일까를 생각하곤 했었다. 사회인이 되어서도 가끔 떠올린 적이 있었던 것 같은데 언젠가부터는 아예 생각해본 기억이 없다. 요즘이라고 소중한 것이 없는 것은 아닐 텐데……. 그만큼 사는 것이 바쁜 것인지, 이미 몸에 배어서 그런 건지 모호하다.

친구들 간에도 때론 동행의 예의가 필요하다. 한번은 몇 십 년간 연락이 없던 친구에게 청첩장이 날아왔다. 갈까, 말까? 갈등이 생겼다. 그동안 숱한 모임에도 얼굴 한 번 비추지 않았던 친구다. 이번에 나가면 다음 모임부터는 함께 나와주려나…….

가끔은 이럴 때 찾아주면 이후로 얼굴을 자주 비추는 친구도 있고, 더러는 자기 아쉬운 일만 지나고 나면 다시 잠수를 타고 마는 경우도 많다. 그래도 아직은 친구들이 널 기억하고 있다는 것을 보여주는 것이 좋을 것 같아 찾아가 축하를 하기로 했다.

또 한번은 학교 졸업 후 단 한 번도 얼굴을 비추지 않았던 친구가 부친상을 당했다는 전갈이 왔다. 내가 별다른 반응을 보이지 않자 이번에는 같은 동창이자 그 사촌 형이 카톡 대화방에 계속해서 장지와 연락처 등 동행할 사람을 찾는 공지를 올렸다. 하지만 친구들은 '삼가 고인의 명복을 빕니다.' 라는 메시지 외에 아무도 나서는 이가 없었다. 결국 장지엔 사촌 형 외는 아무도 찾지 않은 모양이었다.

## 더불어 살아가기 위하여

그것이 자극제가 되었을까? 그 친구가 이후 결혼식에 나타났다. 쑥스럽게 인사하는 친구를 반갑게 맞아주면서 말을 걸었다. 그 친구는 자기가 잘못 살아온 것 같다며 앞으로 자주 모임에 나오겠단다. 난 잘 생각했다고 말하고 기꺼이 환영해주었다. 모임이 끝나갈 무렵, 이 친구는 어렵게 내게 말문을 열었다. 딸의 결혼식이 있다고. 난 최대한 시간을 내보마 하고 헤어졌다. 아직도 우리 친구들 중에는 이런 은둔생활(?)을 고수하는 친구가 여럿 있다. 하지만 친구들 관계에서도 조금의 예의는 필요하다. 굳이 예의라기보다는 함께 동행해주는 최소한의 성의만 있어도 좋을 것 같다.

아예 혼자 살아갈 자신이 있으면 몰라도 더불어 살고자 하는 마음이 있다면 더 늙어 거동조차 힘들어지기 전에 가끔은 짬을 내어 남들의 일에도 관심을 가져줘야 하지 않을까? 억지로야 할 수 없는 일이지만 그래도 혼자 살아갈 자신도 없으면서 무작정 은둔생활만 하는 것은 스스로 자신을 세상과 격리시키고 외롭게 만드는 일이다.

이제 우리도 노후를 생각해야 할 나이가 되었다. 친구들이 더 늦기 전에 은둔의 벽을 허물고 과감히 세상 속으로 나와주었으면 좋겠다.

# 코다리 냉면을 먹으며

점심 메뉴로 선택한 코다리 냉면. 코다리와 냉면의 조화도 궁금했고, 워낙 다양하게 변신을 잘하는 생선이 명태이고 보니 또 어떤 변신을 했을까 궁금했다.

코다리 냉면을 파는 식당은 빈자리 하나 없이 꽉 들어찼다. 메뉴는 코다리 냉면과 황태찜, 황태해장국 등 온통 명태가 들어가는 음식 일색이다. 우리는 약속이나 한 듯 모두 코다리 냉면으로 주문을 하고 왕만두도 하나 추가했다.

음식이 나오기를 기다리며 옆에 있는 스테인리스 주전자의 육수를 따라 마셔본다. 적당한 간과 황태 향이 진하게 우러나는 것이 이것만으로도 감칠맛이 났다. 아마도 황태 머리와 다시마 등을 넣고 오래 끓여 육수를 만든 듯했다. 육수와 만두 하나씩을 먹고 나니 코다리 냉면이 나왔다. 예상대로 반건조된 명태를 넣은 비빔냉면인데 코다리가 질기지 않고 부드럽고 고소하게 씹히는 것이 회냉면과는 또 다른 식감이다.

## 버릴 게 없는 우리 생선

명태는 머리와 입이 커서 대구大口라 불리는 대구과 물고기로 한 류성 어종이다. 주로 대륙붕과 대륙사면에 서식한다. 한국의 동해, 일본, 오호츠크해, 베링해, 미국 북부 등 북태평양에 분포하며, 산란 기는 12~4월에 1~5℃에서 이루어진다.

우리나라를 비롯한 러시아, 일본의 주요 수산물로 주낙이나 그물 을 이용해 잡고 연중 대부분의 시기에 포획이 이루어진다. 예로부터 제사와 고사, 전통혼례 등 관혼상제에 없어서는 안 될 귀중한 생선 으로 여겨졌다.

그래서 명태는 보관 상태나 잡힌 시기, 장소, 습성 등에 따라 다양 한 이름으로 불리는 것이 특징이다. 갓 잡은 명태는 생태, 잡아서 얼 린 것은 동태, 봄에 잡은 명태는 춘태, 가을에 잡은 명태는 추태, 겨 울철 한랭한 고지대에서 말렸다 녹였다를 반복하여 노랗게 말린 것 을 황태, 단기간에 열에 말린 것은 북어, 내장을 제거하고 코를 꿰어 반쯤 말린 것은 코다리, 치어를 말린 것은 노가리라고 불린다. 그런가 하면, 명태 알로 만든 젓갈은 명란젓, 내장으로 만든 젓갈은 창란젓, 아가미로 만든 것은 구세미젓 등으로 불린다. 정말이지 명태는 버릴 게 없는 생선인 것 같다.

## 동해바다로 돌아오기를

이렇게 유익한 명태가 요즘 우리 동해에서는 거의 잡히질 않는단다. 학창시절 명태의 산지 하면 원산 앞바다라고 배웠던 기억을 이제는 바꿔야 할까 보다. 한때는 겨울이면 동해 바닷가에 널려 있는 것이 명태와 오징어였는데 이제는 둘 다 귀하신 몸이 되어 버렸다. 바닷물 수온이 따뜻해지면서 대부분 일본 북해도나 러시아, 알래스카로 이동해버린 것이다.

그날 먹은 코다리 냉면의 코다리도 원산지는 러시아와 알래스카산이었다. 맛있게 먹으면서도 한편으로는 후쿠시마 원전에 대한 불안감이 남는 것도 어쩔 수 없었다. 맛있는 음식을 먹으면서 북태평양 해류의 흐름까지 생각하게 되는 것은 나만의 생각일까? 우리가 식당에서 먹는 음식은 무엇이든 마음 놓고 먹을 수 있는 날이 오기를 기원해본다.

# 광장시장
## 먹자골목에서

퇴근길에 친구와 광장시장 먹자골목에 들렀다. 위치와 유명세는 익히 들어 알고 있었지만 정작 먹기 위해 찾은 것은 이번이 처음이다. 지하철 1호선 종로5가역 계단을 올라가면서부터 어디선가 풍겨오는 기름 냄새에 식당가가 가까이 있음이 느껴졌다.

시장 골목을 들어서니 입구부터 사람들이 몰려들어가고 몰려나온다. 가운데 포장마차 형태로 즐비하게 늘어서 있고 사람들은 포장마차 양쪽으로 간신히 비껴 지나간다. 안쪽으로는 의류 상가가 즐비한데 이런 곳에 이렇게 기름 냄새 풍기는 음식점이 즐비하게 자리를 잡았다는 사실이 신기하기만 했다.

언젠가 북경의 먹거리 시장을 둘러보던 기억이 났다. 메뚜기, 바퀴벌레, 전갈, 거북손, 박쥐 등 말로만 듣던 혐오스런 요리가 즐비했다.

그것에 비하면 광장시장의 먹자골목은 각종 전, 빈대떡, 순대, 떡볶이, 김밥 등 비교적 익숙한 음식이니 좀 나은 편이라고 해야 할까?

아무리 그래도 기름 냄새의 농도가 너무 높으니 조금은 역겨워지려 했다. 비위가 좋다는 내가 이 정도인데 여기서 매일 생업으로 일하는 사람들의 고충은 어느 정도일까? 생각하니 아무 불평 말고 즐겁게 맛있게 먹고 가야겠다 싶었다.

## 우리의 전통문화가 세계화되려면

우리는 줄을 서서 기다렸다가 박씨네 전집에서 막걸리와 빈대떡, 돼지껍데기 무침 등을 시켰다. 막걸리 3천 원, 빈대떡 5천 원, 맛과 가격은 여느 식당이나 크게 다를 것은 없어 보였다. 다만 빈대떡을 즉석에서 튀기다시피 해서 주니 조금 더 바삭거리고 맛이 있었다. 앉아서 보니 외국인 관광객이 많이 보인다. 이곳이 외국인에게는 서울의 명소로 소문났다는 말이 빈말은 아닌 듯하다.

한 가지 아쉬웠던 점은 조금 더 정돈이 되었으면 더 좋지 않았을까 하는 점이었다. 화재 위험과 위생에 대비해 환풍시설과 거리 포장마차들을 깔끔하게 정비하고 손님들의 동선을 조금만 더 넓혀준다면 훨씬 더 좋겠다는 생각이 들었다.

전통의 것을 관광 상품화하는 것은 좋은 일이지만 자칫 화재나 붕괴사고라도 난다면 후진국형 사고라는 불명예와 함께 관광객이 크게 줄 수밖에 없을 것이다. 부디 우리의 전통문화가 세계인과 무리 없이 공유될 수 있기를 바래본다.

# 막걸리와
## 글쓰기

북한산 등산을 다녀왔더니 식탁 위에 웬 막걸리가 네 병이나 있다. 지영이 친구가 아버지 드리라고 사줬단다. 전에 가족 이야기를 하면서 지영이가 "우리 아빠는 막걸리와 글쓰는 것을 즐기신다"고 이야기를 했다는 것이다. 이제 아이들 친구들에게까지 소문이 다 난 모양이다.

내가 막걸리를 좋아하게 된 것은 아버지를 닮아서일 것이다. 옛날 우리 아버지도 다른 술은 잘 안 드셨는데 유독 막걸리만은 거의 하루도 빠뜨리지 않고 드셨던 기억이 난다. 목수 일을 하시면서 식사는 안 하셔도 두부김치에 막걸리는 거의 매일 드셨던 것 같다.

집에도 막걸리가 떨어지지 않아 우리 집에는 부엌 시렁 밑에 항상 막걸리 주전자가 비치되어 있었다. 가끔 어른들이 집에 안 계실 때

면 부엌으로 가서 주전자를 들고 시큼한 막걸리를 마시곤 했던 기억
이 난다.

## 막걸리를 즐겨 드시던 아버지

막걸리는 우리나라 전 지역에 퍼져 있어 총 700여 종에 달한다. 요
즘은 지역마다 자기 고장의 특산물과 연결시켜 상품을 출시하고 있
다. 크게 분류해보면 생 막걸리와 살균 막걸리, 쌀 막걸리와 첨가 막
걸리가 있다. 수상 이력이나 특별한 행사의 건배주에 따라 대통령
막걸리나 아셈 막걸리 등으로 불리기도 한다.

지역별로는 역시 인구가 많은 수도권, 그중에서도 경기도에 많고
부산과 가까운 경남 쪽에도 많은 종류의 막걸리가 있다. 전라도는
쌀과 밀가루, 조, 더러는 복분자나 오미자, 산수유 등의 첨가 막걸리
등이 다양한 편이고, 다른 지역은 대개 쌀 막걸리의 인기가 좋다.

최근엔 수입 쌀이 아닌 우리 쌀로 막걸리 재료를 바꿔가고 있는 상
황이다. 확실히 우리 쌀 막걸리가 훨씬 구수하고 뒤탈도 없어 좋다.

# 장충동
## 족발집의 세월

장충동 족발 거리는 전부터 회사 직원들과 자주 찾던 곳이다. 세월은 지났지만 단골집은 내부 리모델링을 다시 한 것 말고는 예전과 다를 것이 없었다. 족발과 밑반찬, 콩나물 국물과 빈대떡, 무엇보다 소스가 예전 맛 그대로였다.

장충동에 족발 거리가 생긴 것은 무려 반세기 전이라고 한다. 처음엔 지금의 족발 거리에서 조금 떨어진 '만정빌딩'이라는 건물에 두 개의 족발집이 문을 열면서 시작되었다. 그 두 족발집은 1년 터울을 두고 문을 연 후 지금까지도 족발 거리에서 장사를 하고 있다.

맨 처음 문을 연 한 식당에서 처음부터 족발을 메뉴에 올린 것은 아니었다. 빈대떡과 만두를 주 메뉴로 식사와 술을 팔던 식당에서 손님들이 든든하면서도 싸게 먹을 수 있는 술 안주를 원했고, 주인

아주머니는 어릴 때 기억을 되살려 족발을 안주에 올리게 됐던 것이다. 그 집 아주머니의 고향은 평안북도 곽산, 그러니까 평안북도에서 먹었던 족발 요리가 장충동에 터를 잡게 된 것이다. 아주머니의 어머니는 겨울이면 돼지를 통째로 잡아 걸어놓고 고기 요리를 해줬는데 그중 꼬들꼬들하게 마른 족발 요리의 맛이 아주머니의 입맛과 마음에 남아 있었다고 한다.

## 반세기의 서민 먹거리

이렇게 시작된 장충동 족발은 1970년대 후반과 1980년대 초반을 거치면서 이름을 타게 되었고 덩달아 지금의 족발 거리에 식당이 줄줄이 생겨났다. 지금도 큰길과 좁은 골목에 10여 집이 옹기종기 모여 옛 맛을 지켜가고 있다.

그때부터 지금까지 사람들의 변치 않는 사랑을 받으며 수십 년 동안 족발 거리의 명성을 지켜온 것은 푸짐하고 맛 좋은 족발의 맛 때문일 것이다. 족발 집마다 맛의 차이가 조금씩 난다는 게 이 거리의 아주머니들 설명이다. 개인의 입맛과 취향이 다르기 때문에 특별히 어느 집이 맛있다고 이야기할 수는 없다. 족발과 함께 빈대떡과 파전 등 곁들여 나오는 다른 음식들도 별미다.

친구와 막걸리 안주 삼아 족발을 먹고 나오면서 주변의 다른 집들을 보니 테이블이 텅텅 비었다. 경기 불황의 여파가 이곳까지 미치고 있는 것 같아 씁쓸했다. 하루빨리 경기가 살아나 이곳이 예전처럼 성시를 이루었으면 하는 마음 간절하다.

# 이제는 바뀌어야 할
## 허례허식

전 직장 임원의 아들 결혼식을 다녀왔다. 결혼식은 강남의 모 호텔 웨딩홀에서 거행되었다. 당일 결혼식은 단 한 팀인데도 주차장은 초만원이었다.

하객들은 원형 식탁에 10명씩 둘러앉았다. 예식이 진행되는 동안에는 물 한 잔밖에는 달리 제공되는 것은 없었다. 모두가 예식에 집중하게 하기 위한 배려인 듯하다. 기본적인 의례가 끝나고 사진 촬영이 시작되면서 음식이 제공되었다.

양가 하객은 대략 400여 명. 많은 하객에게 짧은 시간에 서빙을 하려고 보니 아마도 두 명이서 두 테이블 정도를 맡는 듯했다. 숙련된 빠른 손놀림이지만 그래도 시간차는 느껴졌다. 처음엔 빵과 에피타이저가 나오고, 이어서 스프와 스테이크, 국수, 후식 등이 차례로 나왔다. 언뜻 보아도 1인당 최소 10~15만 원 선은 될 듯했다. 일반 서민에게는 하객으로 참석하기도 부담스런 비용이다. 실제로 호텔 예식에 초청을 받으면 기본 축의금이 10만 원으로 인지되어 있다. 불경기라고 안 갈 수도 없고 가는 것도 부담이다. 나처럼 스테이크를 별로 좋아하지 않는 사람은 축의금만 내고 음식을 부실하게 먹고 오는 경우도 많다.

### 무엇을 위한 호화로움일까?

그래도 먹는 것은 차라리 낫다. 입구부터 강단, 각 테이블까지 생화生花로 장식된 꽃 값만 몇 천 만 원을 호가한단다. 중소기업을 경영하는 혼주는 얼마 전에 만났을 때만 해도 경기가 어려워 큰일이라며 이대로 가다가는 회사 문을 닫아야겠다며 엄살(?)을 부렸었다. 그런 와중에 군이 이렇게 화려한 혼례식을 했어야 했을까? 언뜻 듣기엔 또래의 임원들이 대부분 경쟁적으로 호텔 웨딩을 선호한단다.

다행히 이런 호화 혼례식에 대해 회의적인 사람들도 많다. 난 미리부터 우리 아이들에게 호텔 결혼식은 안 된다고 선언을 해두었다. 언젠가 상가에 보내는 조화10만 원/개도 평균 이틀 세워놨다 버리는 꽃보다는 쌀 20킬로그램들이 두 포대씩으로 바꿔 독거노인이나 사회복지시설에 기부하는 형태로 바뀌었으면 하고 제안한 적 있다. 망인亡人이 마지막으로 세상을 떠나면서 좋은 일 하고 가시면 내세에 복이 되지 않겠는가?

결혼식 문화도 좀 더 검소하게 바뀔 수는 없을까? 아직도 우리 사회에 바꾸어야 할 허례허식이 너무 많은 것 같다.

# 아리랑의
## 기원 찾기

   한 신문에서 우리의 대표 민요인 '아리랑'의 의미를 추적하는 기사를 읽었다. '아리랑'의 실마리는 이종대라는 한 개인의 투서에서 시작된다.

   이 씨는 글에서 민족의 노래 '아리랑'의 뜻이 고개 이름이나 '떠나간 님'이 아니라 '하늘의 주인', 곧 '하느님'이라고 썼다. '아리'는 하늘을 뜻하는 '알'의 변음變音이고, '랑郎'은 사내·남편 외에도 '주인'이라는 뜻을 갖고 있다는 것이다. 이 씨는 50년 전 중국 산둥성 일대에서 발굴된 8500년 전 토기에 새겨진 그림문자를 근거로 들었다. 다섯 봉우리 산 위에 반달 같은 모양이 있고 그 위에 둥근 해가 있는 그림 문자였다. 이 씨는 "학계에서는 이 그림이 아사달을 뜻한다고 보지만 사실 아리랑을 뜻한다"며 "직계 자손인 우리가 부끄럽게도 오랜 세월 잊고 살았다"고 했다.

과거 기록들에 의하면 아리랑의 어원에 대해 30종 가까운 설이 있으나 정설은 없다. 경복궁 중건 때 원납전을 내라는 말에 저항한 민초들이 '내 귀는 멀었다'며 '아이롱我耳聾'이라는 노래를 부른 것이 기원이 됐다는 설, '밝光'의 고어인 '아리'와 고개를 뜻하는 '령嶺'이 합쳐졌다는 양주동의 '아리령설', 고대 낙랑시대 교통의 관문이었던 자비령의 이름인 '아라'에서 유래했다는 이병도의 '낙랑설' 등이 있다.

## 아리랑 기원 찾기에 나선 외국 연구자들

미국인 헐버트는 1896년 최초의 아리랑 악보와 영문 가사를 남기면서 "한국인에게 아리랑의 뜻을 물었지만 아는 사람이 없었다"고 썼다. 어원을 추적한 첫 연구는 1930년 일제 총독부 기관지에 실린 '조선 민요 아리랑'이었다. '아이롱설'과 나를 버리고 떠난 임이라는 '아리랑我離娘설' 등 6가지 설을 들고 있다. 아리랑 연구가 조용호 박사는 이 논문이 "아리랑을 희화화하고 식민 통치를 정당화하려는 의도를 감추고 있다"고 지적했다.

중국은 2011년 조선족 아리랑을 국가무형문화유산으로 등록했다.

우리는 2012년 아리랑을 유네스코 무형문화유산으로 등록했지만 우리 무형문화재로는 올리지 못하고 있다. 2005년에 국내에 소개된 러시아 학자 추지노브와 유게라심의 연구에 따르면 우리 민족은 인종학적으로 고대 아리아족에서 갈려 나와 동쪽으로 이동했는데 이 아리아족과 아리랑이 관련이 있다고 한다. '아리아'는 '하느님의 아들', '아리야'는 '신성하다'는 뜻이라는 것이다. 이 주장은 이종대 씨의 '하느님설'과 닮았다.

## 우리 민족의 기원은

우리 민족의 원류를 추적하다 보면, 한반도에 체류하게 된 민족은 러시아 대륙 남단에 있는 바이칼 호수 남동쪽에 위치해 있었던 동이족東夷族이었다. 이들이 인구가 늘고 먹고 살 것이 부족하자 남쪽으로 이동하다가 자리를 잡은 곳이 만주와 한반도였던 것으로 여겨진다.

좀 더 과거로 거슬러 올라가 보면 동이족은 아리아족의 후예들이 아니었을까 하는 생각이다. 그 근거는 또 있다. 현재 러시아 바이칼 호수 주변에 살고 있는 일부 소수민족 중에 우리의 아리랑 가락과 흡사한 민속음악을 즐기고 있다고 한다. 그 외에도 단군신화 이야기나 우리의 애국가 가사를 봐도 우리 민족은 하느님의 자손이라는 믿음을 엿볼 수 있다.

## 민족문화를 지키는 것은 우리의 몫

지금의 현실을 보면 외국인이 아리랑에 대한 연구를 먼저 시작했고, 지금도 세계를 뒤지며 다양한 방법으로 근원을 찾고 있으며 중국은 자기 것으로 만들려 하고 있다. 정작 우리는 무엇을 하고 있는지 돌아봐야 할 때다.

민족의 이동에 따른 원류를 찾으려 하지 않고 한반도 내에서만 찾고 있으니 그동안 여러 연구를 했어도 특별한 성과는 없었던 것이 아닌가 하는 생각도 든다. 정부 차원의 뿌리 찾기까지는 아닐지라도 학계, 언론, 민간기업 차원에서라도 하루빨리 체계적인 연구를 서둘러 아리랑과 같은 우리 민족문화의 복원을 서둘러야 한다. 그것이 후손된 도리이고 연속되는 세계사 속에서 우리 자신을 지켜갈 수 있는 적극적인 길이다.

자신의 뿌리를 모르면 온전한 사람이라고 할 수 있겠는가? 문화재청이나 교육부 등이 나서 정부와 학계, 언론계, 민간 전문가들이 참여하는 우리 역사 바로 세우기 같은 역사 연구가 활발하게 시작되기를 기대해본다.

# 꼴뚜기가 뛰니
## 망둥어도 뛴다

언제부턴가 '갑의 횡포'란 말이 유행처럼 번지고 있다. 이는 그동안 우리 사회가 가진 자(권력, 돈) 중심으로 움직여왔다는 반증이기도 하다.

실제로 우리 사회 곳곳에 이러한 불공정과 불합리가 널리 퍼져 있는 것도 사실이다. 어쩌면 자본주의 사회에서 100% 공정을 기대한다는 것 자체가 처음부터 한계가 있는 일일지도 모른다. 그나마 지금이라도 가진 자와 그렇지 못한 자, 힘 있는 자와 힘 없는 자가 상생할 수 있는 풍토를 조성하자는 바람이 부는 것은 매우 고무적인 현상이라고 할 수 있다.

문제는 이러한 사회적 분위기를 악의적으로 활용하려는 세력이 있다는 사실이다. 실제 자신들이 해야 할 일은 하지 않고 상대의 약점이나 사회적 분위기를 교묘히 이용하여 상대를 협박하고 자신의 이익을 취하려는 자들이 있다.

선의의 불공정 피해자는 구제되어야 당연하지만, 사회적 분위기를 악의적으로 이용하려는 악덕업자는 분명히 색출되어야 할 것이다. 이들은 자신들이 해야 할 역할은 제대로 하지 않고 사회적 분위기에 편승해 잇속만 챙기려는 부류들이다.

## 갑의 횡포를 악용하는 부류

한번은 협력업체 한 곳에서 법원에 소訴를 걸겠다고 으름장을 놓았다. 우리와 프로젝트를 함께 했던 업체였는데 자신들이 맡았던 업무에 대해 발주처의 요구사항이 까다롭다는 이유를 들어 중간에 사업을 포기하고 나가 버렸다. 하는 수 없이 계약해지 통보를 하고 다른 업체를 선정했는데 5개월 후 잔금을 주지 않으면 소송을 걸겠다고 했다. 참으로 어이가 없었다.

속담에 '꼴뚜기가 뛰니 망둥어도 뛴다' 는 말은 이런 경우가 아닐까 하는 생각이 들었다. 우리 회사를 포함한 다른 협력업체들은 모두가 야근을 하며 어렵게 업무 마무리를 위해 최선을 다했는데 그 업체는 사회적 분위기를 이용해 자신들의 잇속만 챙기겠다는 심보였다.

공정한 사회, 상생하는 사회를 조성하자는 취지에서 시작된 선의의 움직임을 이런 식으로 악용하는 것은 막아야 한다. 공정한 사회란 약자를 무조건 봐주라는 것이 아니라 각자의 역할을 충실히 한 자에게 공정한 보상과 대우를 해주라는 의미일 것이다. 하루빨리 우리 사회가 진정으로 상생할 수 있는 공정한 사회가 되기를 바란다.

# 회화나무
## 꽃향기

퇴근길에 종종 들르는 조계사, 여름이면 연꽃 향이 그윽하게 경내를 풍성하게 해준다. 연꽃과 함께 대웅전 앞에는 조계사의 상징인 회화나무 꽃이 만발했다. 아카시아 꽃처럼 하얗게 핀 꽃들이 바람에 날리면서 경내의 분위기를 더욱 운치 있게 만들어준다.

회화나무는 콩과에 속하는 낙엽활엽수종으로 나무 높이가 30미터, 직경이 2미터까지 크게 자랄 수 있어 은행나무, 느티나무, 팽나무, 왕버들과 함께 우리나라 5대 거목 중의 하나이며, 현재 500~1000년 된 회화나무 10여 그루가 노거수로 지정되어 보호받고 있다.

무더위가 한창 기승을 부리는 8월 초에 황백색 꽃이 나무 전체를 뒤덮어 꽃대가 휘어질 정도로 많이 핀다. 꽃피는 시기도 삼복더위가 한참일 때이기에 그늘 밑에서 꽃향기를 즐기기에 적합한 나무라고 할 수 있다. 빨리 자라면서도 수형이 아름답고 깨끗한 품격을 지니고 있으며, 다듬어주지 않아도 스스로 아름다운 모습을 하는 나무라서 조경수나 가로수로 제격이다.

## 귀한 민속 나무의 가치

베이징에는 회화나무 가로수가 많아 세계적으로도 유명하다. 우리나라도 조계사와 우정국 자리에 회화나무 노목이 자리하고 있고, 최근에는 냄새 나는 은행나무 대신에 회화나무를 심는 거리가 많아지고 있다.

꽃은 황색 염료나 풍치 치료제로, 열매는 살충제나 지혈, 습진을 치료하는 데도 쓴다. 나무에 함유되어 있는 루틴이라는 물질은 혈관 보강, 지혈, 고혈압, 뇌일혈 치료 또는 예방약으로 쓰인다. 열매는 염주처럼 잘록한 모양이며 10월에 익는다. 이때 수확하여 노천에 묻어두었다가 이듬해 파종하면 60% 정도 발아가 된다고 한다. 토심이 깊고 비옥한 곳에서 잘 자라지만 습기가 적어도 잘 견디고 특히 내한성과 내공해성이 뛰어나고 병충해에도 강한 편이라서 가로수로 많이 심기에 적합하다.

회화나무는 예로부터 그 나무가 가지는 의미로 인하여 귀하게 취급되어 집안에 심으면 잡귀를 쫓아주고 행운을 불러온다고 믿어 즐겨 심는 민속 나무이기도 하다. 나무가 가지고 있는 특수한 물질도 매우 중요하다. 특히 양봉을 위한 밀원이 부족한 우리나라에서 베이징처럼 가로수로 많이 식재한다면 양봉 농가에 도움이 될 수 있을 것이다.

# 4차 산업혁명의
## 물결

최근 선진국들은 급변하는 산업 환경에서 재도약의 기회를 찾기 위해 발 빠르게 대처하고 있다. 제조업이 강한 독일은 스마트, 디지털 공장으로 더욱 효율적이고 유연한 생산 공정을 가능케 하는 '21세기 초제조업 전략'을 추진 중이고, 데이터센터 역할을 담당하는 클라우드가 발달한 미국은 빅데이터를 활용한 클라우드 모델을, 로봇이 발전한 일본은 산업의 로봇화를 추진 중이다.

4차 산업혁명 물결은 제조 산업 전반의 패러다임을 뒤흔들며 산업 전반의 생산·관리 등 시스템에 커다란 변화를 일으키고 있다. 독일의 'Industry 4.0'이 대표적 사례로 이는 2011년부터 독일의 민·관·학이 제조업 혁신을 목표로 내건 슬로건이기도 하다.

독일 남부 인구 4만 명의 작은 도시 암베르크Amberg를 주목할 필요가 있다. 25년 전 세계적인 전기 · 전자 기업인 지멘스Siemens는 암베르크에 부품공장을 세웠는데, 2015년 생산대수는 연 1,200만 개로 8배 이상 증가했고, 부품의 종류도 5배가 증가한 1,000 종류 이상으로 늘어났으며, 제품 100만 개당 결함도 550여 개에서 12개로 현저히 줄어들었다. 직원은 1,000여 명 그대로였고, 생산 설비가 추가된 것도 아닌데도 생산량을 급격히 늘릴 수 있었던 비결은 '연결과 융합' 이다. 바로 4차 산업혁명인 것이다.

## 4차 산업혁명의 키워드는 연결과 융합

암베르크 공장은 부품 제조업체, 조립공장, 물류에서 판매회사까지 다양한 현장이 인터넷으로 연결되어 있을 뿐만 아니라 공장 내 생산 장비와 부품 등 모든 사물이 인터넷 클라우드 시스템으로 연결돼 있다.

생산설비 시설 곳곳에 IC태그나 바코드 정보를 해독하는 센서가 붙어 있고, 제품에도 IC태그와 바코드가 붙어 있어 센서를 갖춘 설비들은 제품의 정보를 판독하여 제품이 어디에 있는지, 손상은 없는지를 실시간으로 관리하고 제어한다.

선진 제조업이 경제 성장의 동력임을 꾸준히 주장해온 서울대 강

태진 교수는 공학의 글로벌화와 타 분야와의 융합과 통합을 대한민국 미래를 열어가는 '코리아 4.0'으로 제시한다.

"국가가 정책적으로 서비스 산업만을 늘리고 이를 지속적으로 이끌어가는 것은 쉽지 않다. 제조업을 바탕으로 탄생한 서비스 산업은 사회와 나라 전체의 선진화와 같은 속도로 발전한다. 제조업에서 생기는 부가가치를 바탕으로 금융·물류·법률·디자인·소프트웨어 등의 고부가가치 서비스 산업이 창출되어야 한다. 우리의 '확실한 미래'를 위해서는 무엇보다도 선진 제조업 중심의 산업 정책이 필요하고 기술 중심의 중소기업과 벤처를 육성해야 한다."

우리나라 대표적인 민간경제연구소의 하나인 현대경제연구소는 세계적으로 보호무역주의가 한층 강화되면서 선진국에 비해 산업 경쟁력이 떨어지는 우리 경제가 '산업 빙벽氷壁'에 직면할 것이라고 경고한 바 있다. 더 늦기 전에 우리나라도 4차 산업혁명의 제도와 대안 마련을 서둘러야 한다.

# 더불어 살아가기 위해
## 필요한 것들

매년 한 해가 저물어갈 때쯤이면 서재에 있는 물건들을 정리한다.

한번은 책상 서랍 속을 정리하다 오래 전에 고무줄로 묶어 놓았던 편지 꾸러미를 펼쳐보았다. 얼마 전 고인이 된 친구의 편지였다. 한 줄 한 줄 사연을 읽어내려 갈 때, 이제는 만날 수 없는 이승과 저승의 아득한 거리감에 가슴이 저려왔다. 이렇게 덧없는 것이 인생사인데⋯⋯. 현실의 나를 돌아보면서 좀 더 감사하고 배려하는 삶을 살아야겠다는 각오를 다져본다.

이 세상에 영원한 존재란 없다. 아무리 권력과 돈이 있고 건강하다 할지라도 그것은 한때일 뿐이다. 그럼에도 우리는 그 짧은 시간 동안 그것들에 취해 다른 소중한 것을 잊고 산다. 소중한 것이란 감사와 배려와 봉사다.

## 행복에 대한 한계효용체감의 법칙

권력, 돈, 건강은 사람이라면 모두가 부러워하고 누구나 추구하는 것들이지만 어느 정도 채워지고 나면 더 이상 행복과 만족을 안겨주지 못한다. 오히려 부작용만 늘어날 소지가 많다. 일종의 한계효용체감의 법칙이 적용되는 셈이다.

그러니 진정한 삶의 보람과 행복을 얻으려면 배려하고 나눌 줄 알아야 한다. 감사와 배려와 봉사, 이 셋은 그 한계가 정해져 있지 않다. 많으면 많을수록 보람도 커지고 행복지수도 높아진다. 그것을 많이 한다고 시기하거나 질투하는 사람도 없다. 오히려 고마워하고 감사한다. 무엇보다 자신이 만족하고 행복해진다.

## 살맛 나는 세상을 위하여

흔히 사람들은 '오늘은 어제 죽은 사람이 그토록 살고자 했던 내일이다' 라는 말을 한다. 그만큼 우리가 지금 살아 있다는 사실에 고마워할 줄 알아야 한다는 뜻일 것이다. 그렇게 소중한 순간을 살고 있으면서도 죽고 나면 아무 필요도 없는 것에 너무 올인 하고 있는 것은 아닌지 생각해볼 일이다.

살아 있을 때, 내가 자력으로 할 수 있을 때, 이웃과 따뜻한 가슴을 나누어야 한다. 그래야 그 사람들도 더불어 살아갈 용기를 얻고 이 사회를 살맛 나는 세상으로 만들어갈 수 있다.

돈과 권력과 건강은 나를 위해 필요한 것들이지만, 감사와 배려, 봉사는 더불어 잘 살기 위해 꼭 필요한 것들이다. 나를 위한 것들이나 아닌 다른 사람들과 함께할 수 있을 때 세상은 따뜻하고 살맛 나는 세상이 될 수 있다.

창밖에 눈이 내리기 시작했다. 날씨는 음산하고 춥지만 우리와 함께 살아가는 모든 이웃이 마음만이라도 따스한 온기를 느낄 수 있는 연말연시가 되었으면 좋겠다.

_ 고려대학교 MBA 봉사 활동

## 제3장

산행의
기쁨

글쓰기와 더불어 빼놓을 수 없는 취미는
바로 여행이다.
바다를, 강을, 호반을,
언덕과 들판을 사랑하고
사시사철 아름다운 우리나라의 산천초목과,
언제나 설렘을 주는 낯선 외국의 여행지를
좋아하지만
그중에서도 나를 가장 가슴 뛰게 하는 것은
뭐니 뭐니 해도 산행이다.

때로는 근교에 있는 완만한 산으로,
때로는 오천 년의
상서로운 기운 가득한 백두대간으로
오늘도 산행을 떠난다.
때로는 가족들과, 때로는 오랜 벗들과,
그리고 때로는 나 홀로,
어느 때는 하루, 어느 때는 여러 날 동안
등산화의 끈을 조여 매고 배낭을
멜 때면 어김없이 가슴이 두근거린다.

우리나라의 아름다운
산과 호수, 바다와 산 …
전국 각지의 대자연은
언제 가더라도 계절의 신비를 선사하고
작년과 올해, 똑같은 계절에 가더라도
어느 하나 똑같은 풍경이 없다.


자연 앞에 서노라면,
그 앞에서 겸허해질 수밖에 없는
인간의 본질을 느끼게 해준다.
사람은 대자연 앞에서 한없이 작아지지만
대자연과 함께, 대자연의 품에서
더불어 살아갈 수밖에 없는 존재인 것이다.

# 하루의 일탈,
# 대관령 눈꽃열차 여행

일정이 겹쳐 미뤘던 대관령 눈꽃열차 여행을 나섰다. 열차와 버스를 번갈아 타며 청량리—원주역—대관령 양떼목장—알펜시아 스키장—봉평 허브나라—원주역—청량리로 돌아오는 코스다.

아침 8시 반, 청량리역에서 만나 여행사로부터 티켓을 받고 설명을 듣고 강릉행 무궁화 열차에 탑승한다. 함께 가는 일행은 18명, 여행 패키지가 성립하기 위한 최소 인원이다. 그만큼 더 오붓하고 기동성이 있어 좋다.

원주역에서 24인승 미니버스로 갈아타고 대관령 양떼목장으로 향했다. 철이 좀 늦은 탓일까? 강원 산간에도 양지 쪽에는 어느새 눈이 다 녹았다. 그래도 응달에는 아직 수북이 쌓여 있어 설국의 풍경을 느끼기에는 충분하다.

## 대관령 양떼목장

  대관령 주차장에 도착하니 양떼목장 관광객과 선자령을 찾은 등산객으로 주차장은 만차다. 멀리 산등성이를 따라 풍력발전기의 대형 팬이 한가롭게 돌아간다. 우리가 느끼는 강풍에 비하면 풍력발전기는 많이 단련이 되어 있나 보다. 양떼목장 휴게실에 들러 따끈한 둥글레차를 한 잔 마시고 축사에 들러 양에게 건초 먹이주기 체험을 한다. 아직은 눈이 많이 쌓여서인지 양들은 모두 축사에 가두어 두었다.

  축사를 나와 목장 능선에 오르니 강풍에 몸을 가누기가 힘들다. 기념으로 사진을 몇 장 찍었으나 거센 바람과 눈부신 햇살로 인해 제대로 된 작품은 나오질 않는다. 능선을 돌아내려와 휴게소에서 따끈한 감자떡 한 팩과 원두커피 한 잔을 사서 차에 오른다.

## 횡계 시내 황태요리

  산굽이를 몇 번 돌아 버스가 정차한 곳을 보니 눈에 익은 간판이다. 횡계 읍내에서 제일 큰 황태전문 식당이다. 쌍용에 근무할 때 용평리조트로 골프나 세미나를 하러 오면 필수적으로 들렀던 곳이다.

그때의 추억도 생각나고 반갑기도 해서 서둘러 내렸다.

점심은 황태구이와 황태해장국으로 시켰다. 여전히 기대를 저버리지 않고 옛 맛을 전해준다. 식사 후에는 식당 바로 옆 마트에 들러 황태 한 묶음을 샀다. 집에서 요리해도 이런 맛이 났으면 좋겠다.

## 알펜시아 경기장

다시 버스에 올라 알펜시아 경기장으로 향한다. 동계올림픽 개최가 결정되기 전에는 골프장이나 겨울 리조트로만 알려져 있던 곳인데 올림픽 개최가 결정된 후 스키점프를 포함한 다양한 동계 올림픽 경기장으로 유명해졌다. 더욱이 〈국가대표〉라는 영화가 빅히트를 치면서 그 영화의 배경이 되었던 곳으로 더욱 유명세를 탔다.

이곳에서 체험 삼아 모노레일을 타고 스키점프대가 함께 있는 알펜시아 전망대에 오른다. 높은 산 위에 있는 점프탑의 높이만 65미터, 전망대에서 밑을 내려다보니 점프대의 높이와 경사도가 웬만큼 간이 크지 않고서는 경기에 나서기가 쉽지 않을 듯하다.

오늘은 날씨가 청명해, 전망대에서 영동준령 백두대간의 동서남북 풍경을 모두 감상할 수 있다. 동으로는 대관령 풍력발전 지대가, 서로는 발왕산 스키장과 영동고속도로가, 남으로는 용평 버칠 골프장과 콘도가, 북으로는 백두대간을 따라 오대산 비로봉까지 한눈에 들어온다. 전망대는 튼튼하게 만들어져 있을 텐데도 바람소리가 위낙 거세게 울어대니 전망탑이 흔들리는 것만 같다.

## 봉평 허브나라

버스는 이효석 님의 《메밀꽃 필 무렵》 봉평 시내를 지나 한참을 더 들어간다. 목적지가 다가올수록 산등성이 눈과 냇가의 얼음은 더욱 두께를 더한다. 원래 2차선이었을 도로도 양쪽에 눈이 쌓여 차 한 대가 겨우 지나갈 정도의 길만 보인다.

입구로 들어서니 허브 향에 앞서 감미로운 음악이 먼저 맞아준다. 봉평은 여러 번 왔지만 이곳 허브나라까지 들어온 것은 처음이다. 허브 가든은 생각했던 것보다 크고 아기자기하게 잘 가꾸어져 있다. 통로를 제외하고는 모두 눈으로 쌓여 있어 자세히 볼 수 없는 것이 아쉽긴 하지만, 곳곳에 다양한 주제의 미니공원과 장식물, 몇 개의 열대 식물원, 매끈하게 잘 자란 자작나무와 소나무, 특색 있게 꾸며 놓은 샵들과 콘도 등이 이국적인 분위기를 느끼기에 충분하다.

한 가지 아쉬운 것은, 불경기 탓인지 겨울의 끝자락이어서인지, 주말인데도 시설과 규모에 비해 찾는 이는 그리 많지가 않다는 것이다. 이곳이 문을 닫지 않고 오래오래 정상적인 운영을 하기 위해서는 관광객 유치에 좀 더 신경을 써야 할 듯하다. 우리도 그런 의미에서 실내공원에 앉아 허브티와 허브 잼으로 만든 토스트 하나씩을 시켜 먹었다.

오후 5시 20분, 계획된 여정을 마무리하고 원주역으로 향한다. 해 짧은 겨울날 일정치고는 바쁜 하루였다. 토요일 오후라서인지 고속도로는 막힘없이 잘도 빠진다. 버스가 고속도로를 미끄러지듯 일행은 모두가 단잠에 빠져든다. 창에 비치는 석양을 바라보며 살면서 가끔은 이런 일탈도 필요하겠다는 생각을 해본다.

# 야생화 만발한
## 연인산의 전설

매월 첫째 주 토요일에 가는 대학원 산우회 교우들과 가평에 있는 연인산에 다녀왔다. 상봉역에서 아침 8시에 모여 춘천행 전철을 타고 가평역에 도착하니 10시가 다 되었다.

가평역에서 연인산 주차장까지는 음식점에서 제공하는 미니버스를 이용했다. 이 거리도 만만치는 않다. 30여 분이 넘게 걸린다. 그동안 매스컴이나 산사람들을 통해 많이 들어왔던 산이지만 자태를 쉽게 드러내지는 않는다. 용추계곡을 따라 차로 10여 분을 올라가고 나서야 비로소 대형주차장에 이른다.

지도상으로 보아도 연인산은 노적봉859—연인산1068—명지산1267—강씨봉830—민둥산1023—개이빨산1113—도마치봉937—백운산904—석룡산1155—화악산1468으로 이어지는 경기 알프스의 초입에 위치하면서 용추계곡을 품어 안은 듯 자리하고 있다.

비교적 높은 산이지만 암석지대는 별로 없고 기름진 흙으로 덮여 있어 마치 오대산이나 가리왕산, 두타산 등의 수목을 보듯이 나무들이 크고 곧게 자란다. 수종은 주로 잣나무, 신갈나무, 단풍나무 등 봄과 여름이 겹치는 계절답게 4부 능선까지는 연초록 신록이 한창이고 5~6부 능선으로 진달래를 앞세운 봄기운이 한창 상승하고 있다. 정상 부근에는 일부 야생화를 제외하고는 아직까지 꽃망울도 맺히지 않았다.

## 계절 따라 수놓는 색색의 야생화

연인산을 오르다 보니 유독 눈에 들어오는 꽃들이 있다. 얼레지, 양지꽃, 노랑제비꽃, 바람꽃 등 보라-노랑-흰색 야생화가 아름답게 산을 수놓고 있다. 우리나라 대부분의 산이 비슷하긴 하지만, 특히 연인산은 계절을 따라 다양한 종류의 꽃이 피고 지기를 반복한다고 한다. 이 때문에 연인산은 용추계곡의 수정 같이 맑은 물과 함께 계절별로 카멜레온처럼 변신하는 색다른 아름다움을 간직하고 있다.

오늘 산행은 주차장―소망능선―연인산―장수능선―백둔리로 돌아오는 코스다. 초반부터 소망능선과 장수능선이 만나는 지점까지는 비교적 가파르게 꾸준히 올라가는 길이긴 하지만 전체적으로 흙산인데다 산세가 부드러워 특별히 위험할 곳은 없다. 중간중간 충분히 쉬면서 가도 2시간 남짓이면 정상에 도달할 수 있다.

정상 부근은 지리산 노고단이 연상되듯 비교적 넓은 산록이 펼쳐진다. 정상 표지석 주위에는 인증샷을 남기기 위한 쟁탈전이 치열하다. 나도 얼떨결에 한 컷 하고 하산을 서두른다.

하산 길에는 정상에서 300여 미터 떨어진 샘터 근처에서 간식을 먹고 장수능선으로 하산을 했다. 진달래 터널과 아름드리 잣나무숲, 주차장이 다가올수록 수목의 웅장함이 돋보인다. 다시 미니버스를 타고 백둔리에 있는 식당에서 풍천장어와 흑돼지, 가평 잣막걸리로 늦은 점심을 먹고서 귀경을 서두른다.

## 연인의 슬픔이 깃든 전설

연인산에는 오래 전부터 전해 내려오는 유명한 이야기가 있다. 길수라는 청년과 아랫마을 김참판댁 종인 소정의 사랑 이야기다.

길수와 소정은 서로 사랑했고, 혼인하고 싶었지만 김참판은 허락하지 않았다. 오히려 길수에게 결혼하고 싶으면 조 100가마니, 혹은 삶의 터전인 숯 가마터를 내놓고 떠나 살라는 등 횡포를 부렸다. 고민하던 길수는 소정과의 사랑을 얻기 위해 삶의 터전인 숯가마터 대신 조 100가마니를 마련하기로 했다. 때마침 하늘이 도왔는지 연인산 꼭대기 바로 아래에 넓은 땅을 발견하게 되었고 밤낮으로 농사를 지었다.

어렵게 조 100가마니를 마련해 김참판을 찾아 갔지만 김참판은 애초에 소정을 길수에게 줄 마음이 없었기에 오히려 길수를 역적의 자식이라고 모함을 해 관가에 고발을 했다. 관가에서는 길수에게 심한 고문을 가했지만 길수는 소정을 생각하며 꿋꿋이 버텼고, 포졸들의 손아귀에서 가까스로 도망쳐나왔다.

이곳에 더는 살 수 없었던 길수는 소정과 함께 도주할 것을 결심하고 소정을 찾아갔다. 하지만 소정은 길수가 잡혀갔다는 소식에 그만 목숨을 끊은 뒤였다. 길수는 울분을 토하며 소정의 시신을 끌어안고서 연인산 조 밭으로 돌아왔다.

그에게 이미 희망은 사라졌고 더 이상 세상에 대한 미련도 없었다. 길수는 모든 걸 포기하고 소정의 뒤를 따르기 위해 조밭에 불을 질렀다. 그리고 소정을 곁에 남겨둔 채 불길 속으로 뛰어들었다. 그때였다. 죽었던 소정이 갑자기 일어나 길수가 뛰어든 불길을 향해 함께 몸을 던졌다. 다음 날 마을 사람들이 올라가 두 사람의 시신을 찾았지만 어디에도 그들의 시신은 없었다. 그리고 이듬 해 봄에 조가탄 그 자리에 빨간 철쭉과 얼레지 꽃이 피어났다고 한다.

연인산은 1998년까지 특별한 이름이 없이 그저 무명산으로 불렸다. 그러다가 지자체가 자리를 잡으면서 1999년, 가평군에서 길수와 소정의 비극적 사랑을 기원하는 의미로 연인산으로 명명했다고 한다.

그리고 이런 소중함을 널리 알리기 위해 1999년부터 '연인산 들꽃축제'를 열고 있다. 이 축제는 '연인산'이라는 이름에 걸맞게 길수와 소정의 사랑을 통해 자신들의 사랑을 이루고자 하는 연인들이 많이 찾는다. 관광객들은 '사랑과 소망'이라는 테마에 크게 호응하고 축제에 대한 관심도 해마다 높아져 갈수록 관광객이 느는 추세다.

길수와 소정은 서럽게 세상과 이별했지만, 마음은 항상 연인산에 남아 사랑의 슬픔이 있는 사람들의 영혼을 달래주고 있는 듯 보인다.

# 옛 맛을 간직한
## 팔당 붕어찜 마을

점심시간, 잠시 짬을 내서 팔당호 주변에 있는 붕어찜 마을을 다녀왔다. 붕어찜 마을은 경기도 광주시 남종면 분원리에 있는 것으로, 퇴촌면에서 좌회전하여 완만한 고개를 넘어가면 팔당호를 끼고 널찍한 분지 형태의 마을이 보인다. 주변은 대부분의 지형이 모나지 않은 구릉성 지형으로 이루어져 있으며, 마을 서쪽은 팔당호와 접하고 있고 동쪽은 산으로 이루어져 있다. 분원리 외에도 자연 마을로 대추나뭇골, 안골, 장터마을 등이 있다.

분원리는 조선시대에는 백자 도요지였으나 1976년도 붕어찜 조리법이 경기도 향토지적 재산으로 등록되고 1980년대 이후 입소문을 타고 전국으로 유명해져 관광객이 많이 찾고 있다. 예전에는 한가로운 어촌마을처럼 보였던 분원리가 지금은 붕어찜 전문 음식점만도

40여 개소에 이를 정도로 많아졌다. 좁은 2차선 순환도로도 외부 차량들로 붐빈다. 조만간 정겹던 풍경은 사라지고 교통난만 심각해지는 상황이 되지 않을까 우려가 된다.

## 호반 마을의 아름다움

우리는 언젠가 가본 적이 있는, 허름하지만 음식 맛도 좋고 호숫가 가까이에 위치해 있어 풍경이 좋았던 '고향매운탕'을 찾았다. 하지만 그 건물은 철거가 되었고 500미터쯤 우측으로 신축 이전을 했다는 안내 플랭카드가 걸려 있다. 그냥 주변의 새로운 식당으로 들어갈까 하다가 옛정을 생각해 이전한 장소로 찾아간다. 주인은 반갑게 맞이해준다. 팔당호가 한 눈에 내려다 보이는 탁 트인 전망과 잘 정비된 방을 보니 찾아오길 잘 했다는 생각이다.

이곳의 음식은 매운탕이나 붕어찜 같은 메인 메뉴도 맛이 있지만 밑반찬들이 하나같이 감칠맛이 난다. 우리는 예정대로 붕어찜을 시켰다. 조기나 민어 정도 큰 붕어와 우거지, 깻잎, 쑥갓, 대파 등이 조화를 이룬 붕어찜은 여전히 옛 맛을 고스란히 간직하고 있다.

식사 후에는 바로 옆 '팔당전망대'에 들러 물 환경 전시관과 팔당호의 현황, 팔당호 주변의 풍경을 구경한다. 호수 가운데 한가로이 노니는 철새들과 드문드문 떠 있는 자그마한 섬들, 물의 깊이를 모르고 드러누운 산 그림자, 모두가 호반을 낀 전원의 아름다움이다.

특히 이곳은 연중무휴 무료로 관람할 수 있어 차 한 잔을 마시며 잠시 휴식을 취하고 들러 가기에 적합하다. 눈이나 비라도 내리는 날이면 더 없이 멋진 풍경일 듯하다. 아쉬움을 남겨둔 채 귀가를 서두른다.

# 동해의
## 기운을 받으러

모두들 끙끙거리며 아침을 맞는다. 전날 7남매 부부 14명이 팀을 만들어 설악산 대청봉을 올랐더니 온몸의 근육이 아프단다. 그래도 각자 대단한 일을 해냈다는 자긍심만은 뿌듯한가 보다. 스스로 만족해하는 모습이다.

간밤에 매제와 늦게까지 막걸리를 마셨더니 목이 컬컬하다. 맑은 공기를 마시러 창문을 열고 발코니로 나가니 비가 뿌리기 시작한다. 어제 그렇게 좋았던 날씨가 오늘은 아침부터 겨울비다. 오전 11시, 체크아웃을 하고 나오니 어느새 비와 눈이 섞인 진눈깨비로 바뀌었다.

네비게이션에 낙산사를 찍으니 12킬로미터가 나온다. 낙산사는 신라 문무왕 때 의상대사가 지은 고찰로, 일대의 산 하나가 사찰 부지로 잡혀 있을 정도로 그 규모가 엄청나다. 동해를 한 눈에 바라볼 수 있는 의상대와 바닷가 절벽에 지어 마룻바닥 구멍으로 바닷물을 볼 수 있는 홍련암, 높이가 16미터나 되는 해수관음상 등 볼거리 또한 많다. 2005년 양양에 있었던 대형 산불로 절의 주요 문화재가 소실되는 큰 피해를 입었던 곳이기도 하다. 소실된 문화재들의 시간은 되돌리진 못했지만 많은 부분이 복원되어 예전처럼 운영되고 있다.

## 동해의 기운을 한몸에 받는 듯

마침 설날 연휴를 맞아 비가 오는데도 많은 관광객들이 사찰을 찾았다. 우리도 의상대와 홍련암, 해수관음상까지 돌아본다. 가는 곳마다 동해의 기운을 한몸에 받는 듯 전망이 빼어나다. 나오는 길에는 연꿀빵과 원두커피 한 잔씩을 마신다. 커피를 마시는데 스피커에 틀어 놓은 염불이 일본말로 하는 염불이다.

'웬 일본말일까? 일본 관광객을 위한 것인가?'

의아해하고 있는데 남동생이 관리사무소 쪽으로 다가가 관리인과 한참을 뭐라 하더니 돌아온다. 뭐하고 왔냐고 했더니 정초부터 가족들 놀러 왔는데 왜 일본 염불을 틀어 놨냐고 했단다. 요즘 일본에 대한 감정도 안 좋으니 바꿔 주셨으면 좋겠다고……. 동생다운 항의다. 관리인도 알겠다고 하면서 잠시 후 바로 CD를 바꿔줬다.

　낙산사를 나와 주문진항으로 향했다. 연휴인데도 횟집은 손님으로 붐빈다. 우리는 손님이 없는 한가한 집을 골라 자리를 잡았다. 농어회에 매운탕과 술을 주문했는데 가격은 225,000원. 후쿠시마 원전 탓인지 예년에 비해 많이 저렴하다.

　주문진항을 빠져나와 바로 귀경길에 오르니 고속도로 정체가 장난이 아니다. 여동생 집에 도착해 늦은 저녁을 먹고 이틀간의 가족 여행을 마무리한다.

_ 7남매 가족여행

# 오페라의 절정 같은
## 소요산 비경

고대 산우회에서 소요산 단풍산행을 다녀왔다. 절정의 단풍 시즌을 맞이해 소요산은 입구부터 사람들로 붐빈다.

소요산은 여섯 개의 봉우리가 말발굽 모양으로 능선을 이루고 있다. 화담 서경덕, 봉래 양사언과 매월당 김시습이 자주 소요하였다 하여 '소요산' 이라 부르게 되었단다. 주요 봉우리로는 하백운대440, 중백운대510, 상백운대559, 나한봉571, 의상대587, 공주봉526으로 이어진다. 서기 645년 신라의 원효대사元曉大師가 개산開山하여 자재암自在庵을 세운 이후, 중대암中臺庵, 소운암小雲庵, 소요암逍遙岩, 영원사靈源寺 등의 사찰과 암자가 있었다고 전해지나 지금은 자재암만 볼 수 있다.

1981년 국민관광지로 지정되었다. 자재암은 봉선사奉先寺의 말사

末寺로서, 원효대사가 수행 도중 관세음보살을 친견하고 자재무애의 수행을 쌓았다고 하는 데서 그 이름이 유래하였다. 그 오른쪽에 원효대가 솟아 있고 원효대사가 수도한 곳이라고 전하는 옥로봉을 넘어 북동쪽으로 나한대, 의상대, 비룡폭포가 있다. 또 원효대에서 약 30미터쯤 되는 절벽 위를 상上백운대라고 하며, 그 밑으로 선녀탕을 볼 수 있다. 자연석굴인 나한전과 산중턱의 금송굴도 유명하다. 원효가 요석공주를 위해 이름 지었다는 공주봉도 보인다.

## 가을 단풍의 진면목

능선으로 산을 오르는 동안 계곡 쪽에서는 단체 산행객이 행사 진행을 하느라 확성기를 틀어놓고 연신 시끄러운 소음으로 짖어댄다. 아마도 각 지역별 대표가 돌아가면서 인사말 한마디씩 하나 보다. 비슷비슷한 내용의 말이 한 시간 가까이 계속되다 보니 슬슬 짜증이 나려 한다.

우리는 상백운대에서 간단히 준비해온 간식과 막걸리 한 잔씩을 하고 다시 돌아 하백운대에서 자재암 방향으로 하산을 하기로 했다. 전체 능선을 완주하기엔 시간이 너무 많이 걸리고 등산을 자주 다니지 않았던 회원들은 힘들어하는 기색이 역력하다.

외길 등산로에 끝없이 이어지는 단체 산행팀은 그야말로 또 하나의 공해가 아닐 수 없다. 한참을 기다려 겨우 등산로를 확보한다. 하백운대에서 하산하는 등산로는 단거리 지름길이긴 하지만 거의 80% 이상이 급경사 계단길이다.

그래도 능선 부위에서는 볼 수 없었던 소요산의 비경과 선홍색 단풍이 가슴을 설레게 한다. 가을 산이 절정의 오페라를 연주하듯 불타고 있다. 언제 보아도 이쯤의 소요산은 사람들의 메말라 가는 감성을 자극하기에 충분하다. 간만에 가을 단풍의 진면목을 본 듯하다.

# 초보자도 쉽게
## 오를 수 있는 천마산

　주말마다 서재에 눌러 앉아 강의 노트만 작성하는 것이 따분해 오늘은 등산을 가기로 했다. 혼자 북한산이나 다녀올까 하다가 형에게 전화를 했더니 친구와 남양주에 있는 천마산을 간단다. 마침 잘 되었다 싶어 함께 합류하기로 한다. 휴일이지만 차는 별로 막히지 않는다. 태릉입구역에서 만나 30여 분 달리니 호평리에 도착한다. 간만에 북한산을 벗어나 외곽으로 나오니 나름 기분 전환이 되는 듯하다.

　천마산은 그리 높거나 큰 산은 아니지만 숲이 많이 우거져 특히 더운 여름에 오르기 좋은 산이다. 산 밑에서부터 정상에 다 오를 때까지 내내 그늘로 갈 수 있기 때문이다. 중턱까지는 계곡물도 있고 정상 가까이 이를 때까지 계속해서 흙길과 계단으로만 이루어져 있어

초보자도 쉽게 오를 수 있는 산이다.

수종은 산 아래 쪽은 전나무와 낙엽송, 중간은 거의 떡갈나무와 신갈나무들로 채워져 있고 정상 부근에 이르러야 소나무를 볼 수 있다. 산행 소요시간은 왕복 3~4시간 정도로 그리 오래 걸리지는 않는다.

## 산바람에 막걸리 한 잔

오늘은 햇볕이 따갑긴 해도 별로 덥지는 않다. 습도가 낮아 어느새 가을을 느끼게 하는 날씨다. 난 선두에 서서 약간 빠른 속도도 리드를 했다. 중간지점 쉼터에서 간단히 요기를 하고 다시 출발을 한다.

여기서부터는 신갈나무 숲이다. 벌써 도토리가 익어 등산로에 즐비하게 떨어져 있다.

최근 몇 년간은 산에 청설모가 넘쳐나면서 도토리가 크기도 전에 순을 모두 잘라버려 가을이 돼도 도토리 구경을 할 수 없었는데 올해는 도토리가 눈에 많이 띈다. 예전 같으면 등산객들이 비닐과 배낭에 도토리를 주워가곤 했는데 요즘에는 별로 줍는 사람들이 보이지 않는다. 다람쥐와 산토끼 등 산짐승 먹이라고 줍지 말라는 캠페인이 효과를 보고 있는 것이리라.

정상에 도착하니 1시가 다 되었다. 812미터로 산 높이는 좀 있지만 험한 코스가 없으니 두 시간 만에 오른 것이다. 단체 등산객들로 인해 줄을 서서 기다려 정상 표지석에서 인증샷을 하고 근처 바위 뒤로 내려와 점심을 먹는다.

탁 트인 전망과 시원한 바람, 주말이면 이렇게 땀을 흘리고 산바람을 쐬면서 시원한 막걸리 한 잔 할 수 있는 즐거움이 있어 좋다. 굳이 멀리 나가지 않아도 부담 없이 함께 할 수 있는 사람들과 누리는 이 기쁨이 계속될 수 있기를 바래본다.

# 눈길 닿는 곳마다 포토존, 덕유산 설경

　형과 친구, 셋이서 함께 덕유산 눈 구경을 가기로 한 날이다. 오늘 등산 코스는 구천동 주차장—백련사—향적봉1614—중봉—오수자 굴—백련사로 돌아오는 코스. 전체 19킬로미터 정도 되는 거리다.

　주차장에서 백련사까지는 5킬로미터 남짓. 포장도로이긴 하지만 눈이 쌓여 있어 지루하지 않아 좋다. 계곡엔 물이 제법 흐르고 아직 얼음이 얼어 있어 한겨울 추위를 느끼게 한다.

　백련사까지 1시간 15분 정도 예상했지만 노면이 미끄러워 15분 정도가 더 걸렸다. 잠시 정비를 하고 본격적인 등산을 시작한다. 백련사에서 향적봉까지는 가파른 오르막길로 2.5킬로미터를 올라야 한다. 평소 같으면 1시간 남짓이면 올라가겠지만 오늘은 등산로가 완전히 눈에 덮여 있어 두 시간을 잡았다.

사리탑을 지나면서부터는 나뭇가지마다 산고대처럼 눈이 얼어붙어 있어 설국에 온 듯한 착각에 빠지게 한다. 어디를 둘러보아도 하얀 눈으로 가득하다. 어제 내린 눈이 낮은 기온에 그대로 얼어붙은 것이다. 바닥은 겨우내 내린 눈이 쌓여 훨씬 두텁게 층을 이루고 있다. 백련사 뒷길은 '겨우살이' 군락지를 이루고 있다. 하얀 설경에 녹색의 겨우살이는 좋은 대조를 이룬다.

## 최고의 선물 같은 풍경

오후 1시 10분, 마침내 향적봉 정상이다. 언제나처럼 정상은 사람들로 붐빈다. 표지석에서 사진을 찍으려 해도 워낙 많은 사람들이 줄을 서 있어 개인 사진은 포기하고 주변에서 찍는 것으로 대신한다. 우리는 탁 트인 백두대간 길을 영상으로 새기고 대피소로 향한다. 준비해온 라면과 도시락으로 푸짐한 산상 성찬을 나누고 디저트로 커피까지 마신다. 부러워하는 이웃들이 있어 3잔을 서비스하는 여유까지 부려본다.

하산길은 중봉을 거쳐 오수자굴로 가기로 한다. 향적봉과 중봉 사이의 1.2킬로미터 구간이 설경의 절정을 이루기 때문이다. 예상대로 출발부터 우리의 눈길과 발길을 붙들어 맨다. 계속해서 셔터를 눌러

대도 끝없이 이어지는 절경에 진도를 나갈 수가 없다. 찍고 돌아서면 또 다른 절경, 찍고 다시 몇 발자국 걷다 보면 전혀 새로운 풍경이 이어진다. 전 코스가 포토존이다. 지금까지 설악산, 지리산, 한라산, 태백산 등 많은 설경을 구경했지만 이곳 만한 풍경을 보여주지는 않았던 것 같다. 풍경도 풍경이지만 구름 한 점 없이 맑은 하늘이 배경으로 깔아주니 금상첨화다. 풍경 좋고 날씨 좋고 배경까지 다 갖추어진 최고의 선물이다.

중봉까지 1.2킬로미터 짧은 코스를 한 시간 반에 걸쳐 지나왔다. 여기서부터는 다시 가파른 내리막길이다. 아직은 다리가 불편한 형을 앞세우고 하산을 재촉한다. 어둠이 내리기 전에 산길을 벗어나야 하기 때문이다. 백련사까지 무사히 하산을 하고 주차장까지 도착하니 오후 6시 20분. 좀 힘들긴 했지만 무엇과도 바꿀 수 없는 좋은 추억을 선물해준 산행이었다.

# 솔 향과 어우러진 운치,
## 축령산

새벽까지만 내린다던 비가 아침 9시가 넘어도 그치질 않는다. 그래도 오후엔 개겠지 하는 기대에 예정대로 산행을 나섰다. 오늘은 축령산 휴양림에서 출발해 서리산832m과 축령산886m 정상을 돌아오는 코스다.

축령산은 경기도 가평군의 조종천과 수동천 사이에 솟아 있다. 산기슭에 잣나무숲이 울창하여 자연휴양림으로 유명하고 조선시대 남이 장군이 심신을 수련했다는 남이바위, 수리바위 등의 기암이 있어 더욱 유명하다.

몇 년 전인가 친구와 아침고요수목원을 갔다가 지도만 보고 축령산 정상을 올랐다가 가파르고 인적이 뜸한 등산로를 오르느라 고생한 기억이 생생하다. 오늘은 수목원과는 반대쪽인 자연휴양림을 통해서 오르기로 한다.

원래 산행은 이 코스가 정상적인 코스이다. 주차장에 차를 세우고 갈림길에서 왼쪽 등산로를 따라 서리산으로 오른다. 초입은 잣나무가 우거져 있어 삼림욕을 하는 기분이다.

쉼 없이 40여 분을 오르니 능선길이다. 비가 내리지는 않지만 사방이 구름으로 잔뜩 덮여 있어 신비감을 더해 준다. 습한 공기는 솔향과 어울려 더욱 운치를 느끼게 한다. 능선길이라고는 하지만 숲이 우거져 있어 바지는 이미 나뭇가지와 풀잎에 매달린 빗방울로 다 젖었다. 그래도 햇볕이 나질 않으니 덥지 않아 좋다.

능선길을 따라 30여 분을 더 올라가니 서리산 정상이다. 산 정상이라고 하기엔 밋밋한 언덕 같은 느낌. 그래도 표지석이 있으니 기념사진을 한 컷 남긴다. 주위는 아직 시야가 확보되질 않아 구름 속이다.

## 삼림욕의 명소

여기서부터 축령산 정상까지는 2.8킬로미터, 능선을 따라 오르내리다가 막판에 가파르게 오르는 지형이다. 등산로는 비교적 넓고 평탄하다. 우리는 등산로 주위에 익어가는 산딸기를 따 먹으며 여유롭게 산행을 즐긴다. 간혹 멧돼지가 땅을 파헤친 흔적이 있는 것으로 보아 이곳도 멧돼지가 출몰하는 지역인가 보다.

절고개를 지나 축령산 쪽으로 다가갈수록 지형은 바위가 많아지고 가파르다. 드디어 축령산 정상, 구름 속으로 돌탑이 보이고 바로 옆에 태극기가 보인다. 원래 이곳에서는 운악산, 청우산, 천마산, 철마산, 은두봉, 깃대봉 등이 보이는 곳이지만 오늘은 한 치 앞을 볼 수가 없다. 바람도 불고 마땅히 쉴 곳이 없어 바로 하산을 서두른다. 칼날 같은 바위능선을 타고 내려오니 남이장군 바위다. 풍광을 구경할 여유도 없이 곧장 잣나무 숲으로 우거진 자연휴양림으로 향한다. 곳곳에 계곡물 소리가 들리고 야영 시설이 즐비하다.

계곡물에 손만 간단히 씻고 귀갓길에 오른다. 오는 길에는 손두부 집에 들러 백반 정식에 잣막걸리 한 잔씩으로 가평의 흔적을 남긴다.

# 늦여름의 영덕,
## 밤바다의 낭만

대학 동기 중에 친하게 지내던 다섯 명의 친구들이 부부 동반으로 영덕에 놀러가기로 한 날이다. K대 교수로 있는 재원이가 동해안에 위치한 연수원을 예약해 함께하기로 한 것이다. 벌써 10명이 같이 여행을 시작 한 것이 5년째, 처음엔 여자들이 좀 서먹해 했지만 이제는 모두가 친구 같고 가족 같다.

우리는 김천 구미역까지 KTX를 이용하고 이곳부터는 렌터카를 이용해 함께 이동을 하기로 한다. 함께 간식거리를 나누며 간만에 부담 없는 기차여행을 즐긴다. 다섯 부부가 모두 한 자리에 모인 것은 간만이다. 여자들도 오랜 친구들처럼 잘 어울린다.

역에서 영덕 강구항까지는 대략 3시간 남짓. 가는 동안에는 화가 권호경 님의 '명리학으로 보는 그림' 에 대한 강의로 시간 가는 줄 모르고 모두가 귀를 쫑긋 세운다. 점심은 대게찜으로 하려 했지만, 여자들이 제철이 아니라 비싸고 실속이 없다는 의견을 내는 바람에 민어와 도미회로 대신하기로 한다. 제일 큰 것으로 한 마리씩 하고 입가심으로 소라와 멍게, 가리비 등을 시키니 10명이 푸짐하게 먹고도 남는다.

## 파도가 들려주는 이야기

해가 석양으로 기울자 바닷물이 빠지기 시작한다. 우리는 기다렸다는 듯이 바로 앞 바다에 들어가 고동과 소라 새끼들을 주우며 해수욕을 대신해 바다를 체험한다. 저녁식사 때가 되었지만 늦은 점심에 회를 너무 많이 먹어서인지 여자들은 특별히 저녁 생각이 없단다. 남자들만 간식 겸 술안주로 라면에 바로 잡은 고동을 넣고 끓여 마른안주와 함께 술 한 잔씩을 기울인다. 파도소리를 들으며 마시는 술 맛이 그만이다. 울금 막걸리에 소맥까지 했는데도 취하는 사람은 없다.

적당히 술자리를 정리하고 다 같이 밤바다 산책을 나가기로 한다. 해변을 따라 거닐며 파도가 들려주는 이야기에 귀를 기울인다. 피서객이 떠나간 백사장은 썰렁하기만 하다. 아직은 방풍림 사이로 띄엄띄엄 텐트가 보이긴 하지만 날씨와는 상관없이 왠지 쓸쓸해보인다.

백사장을 돌아 숙소로 오는 길, 마을 어귀에 있는 원두막에 오른다. 불빛도 없이 깜깜한 원두막이지만 나름 운치가 느껴진다. 이곳에서 잠시 앉아 가곡도 부르고 할머니가 들려주시던 귀신 이야기도 하면서 모두가 동심으로 돌아간다.

밤늦도록 방파제를 거닐며 흔들거리는 어촌 마을의 불빛과 둥글게 떠오르는 보름달, 먼 바다에서 고기잡이 하는 배의 불빛, 그 사이로 깜박거리는 등대, 여전히 철썩거리는 파도소리……. 그렇게 떠나보내기 아쉬운 여름밤은 깊어만 갔다.

_ 울진 후포 스카이워크 전망대에서

# 민족의 성산,
## 백두대간 태백산

백두대간 태백산1566.7m 구간을 가는 날이다. 오늘 코스는 '화방재 940m—장군봉1567—천제단—부쇠봉—깃대기봉—차돌배기—신선 봉—곰넘이재—석문동 오토캠핑장'으로 바로 민족의 성산聖山 태백 산에 오른다.

태백산은 태백산맥의 종주이자 겨레의 성산이고 모든 산들의 모 산母山이기도 하다. 함경남도 원산의 남쪽에 있는 황룡산에서 시작 된 태백산맥이 금강산, 설악산, 오대산, 두타산 등을 거쳐 이곳에서 힘껏 솟구쳤으며, 여기에서 서남쪽으로 소백산맥이 분기된다. 태백 산은 북쪽에 함백산1,573m, 서쪽에 장산1,409m, 남서쪽에 구운산 1,346m, 동남쪽에 청옥산1,277m, 동쪽에 연화봉1,053m 등 1,000미터가 넘는 고봉들로 둘러싸여 있다.

낙동강의 발원지이기도 한 이 산은 높이에 비해 산세는 크게 험하지 않다. 산의 북사면은 비교적 완만하고 정상 부근은 고위평탄면이 잘 발달되어 있는 반면, 서남쪽 사면은 급경사를 이룬다.

태백산지는 함백산과 함께 지질 구조가 복잡하며 남한 제일의 탄전지대를 이룬다. 등산로는 비교적 완만하게 시작한다. 곳곳에 나뭇잎들이 채색되고 있어 가을 산의 분위기를 느끼게 해준다. 쉼 없이 앞사람만 보며 따라 올라가다 보니 나무계단 옆에 빨간 열매들이 많이 떨어져 있다. 산에서 나는 것 중에 산삼 다음으로 좋다는 '마가목'이다. 주위를 돌아보니 마가목 열매가 주렁주렁, 군락지를 형성하고 있다.

## 살아 천 년, 죽어 천 년

계단을 힘겹게 오르자 넓은 평원과 함께 곳곳에 멋진 고목과 침엽수가 보인다. '살아 천 년, 죽어 천 년'을 산다는 주목 군락지다. 한겨울 설경을 구경올 때면 어김없이 포토존으로 활용되는 곳이다. 여기서부터 장군봉 천제단까지는 완만한 평원, 생각했던 것보다는 어렵지 않게 정상에 올랐다. 천제단에서는 매년 10월 3일 개천절에 제의를 행하는데 이를 천제 또는 천왕제라고 한다. 천제단 앞에 합장을 하고 가족의 건강과 안전 산행을 기원했다.

장군봉 아래 평평한 곳에 자리를 펴고, 가지고 온 간식을 펼쳐 놓고 담소를 나누며 식사를 하는데 갑자기 하늘이 어두워 지더니 이내 빗방울이 뿌리기 시작한다. 우리는 재빨리 자리를 정돈하고 우비나 우산을 펴고 우중 산행을 준비한다.

하산 길, 주위는 어느새 구름으로 가득 찼다. 일행을 따라가기 위해 서두르다가 비에 젖은 바윗길에 미끄러지면서 팔꿈치를 다치고 말았다. 통증이 느껴지는데 멈칫거리고 있을 수는 없어 그냥 무시하고 출발을 한다. 우중 하산 길은 위험하기 짝이 없다. 잔뜩 낀 구름으로 주변 구경은커녕 신경을 곤두세우고 가자니 올라올 때보다 훨씬 힘이 드는 듯하다. 그래도 더 이상의 사고는 없이 무사히 하산을 했다. 힘들긴 했지만 그만큼 감동도 컸던 산행이었다.

_ 백두대간 753키로미터 종주증

# 46년 만에 개방한
## 남설악 만경대

설악산 만경대 순환코스는 1970년부터 통제되었다가, 46년 만인 2016년에 개방되었다. 개방된 코스를 오르기로 하고 새벽부터 오색으로 향한다.

남설악 만경대는 중국의 장가계나 원가계를 옮겨 놓은 듯한 풍경이라고 하는데 사진으로 봐서는 언뜻 와닿진 않는다. 옛날부터 주전골은 와보고 싶었지만 실행에 옮기지 못하다가 오늘 주전골과 만경대를 동시에 돌아보게 되었다.

주전골의 유래가 재미있다. 옛날 도적들이 위조화폐를 찍다가 관에 걸려 그 후 돈을 만드는 골짜기란 의미로 '주전골' 이란 이름이 붙었다. 이렇게 경치 좋은 곳에서 어찌 그런 일을 작당했을까 참 의외라는 생각을 해본다. 여하튼 주전골은 명성만큼이나 아름다운 곳이었다. 장가계나 원가계 정도는 아니지만 비슷한 산봉우리들이 수려한 산세를 이루고 무엇보다 맑디맑은 계곡물이 청정지역임을 느끼게 해준다.

## 매스컴의 수식어에는 못 미치지만

주전골을 1시간 남짓 오르니 '흘림골' 입구다. 숲이 짙고 깊어 늘 날씨가 흐린 듯하다고 해서 흘림골 이란다. 하지만 아쉽게도 3.2킬로미터 흘림골 구간은 최근 잦은 낙석사고로 등산로가 폐쇄되었단다. 아쉬움을 달래며 용소폭포 방향으로 발길을 돌린다.

흘림골 입구에서 우측 방향으로 잠깐 오르니 얼마 가지 않아 용소폭포에 이른다. 이무기가 살았던 곳이라 하여 용소골이란다. 새하얀 폭포수가 힘차게 흘러내리며 진한 녹색의 물웅덩이 '용소' 를 만들어 놓았다. 위에서 내려다보니 에메랄드빛의 물 색깔이 어림잡아도 깊이가 5미터가 훨씬 넘을 것 같다.

용소폭포를 지나 넓은 공터에서 간단히 준비해간 간식을 먹고 잠시 오르니 망경대언론에는 '만경대' 라고 나오는데 현지 이정표에는 '망경대' 로 표기되어 있다 입구가 나타난다. 많은 관광객이 운집해 있다. 입구에서부터 통행을 제한하느라 줄을 세우기 때문이다. 대기 중인 사람들이 대략 500명은 족히 넘어 보인다.

　마침내 만경대. 눈 앞에 한 폭의 산수화가 펼쳐진다. 흔히 중국의 장가계에 비교하지만 내가 보기엔 조선 후기 화가 정선이 그렸다는 〈금강산전도〉의 산세를 보는 듯하다. 멋진 풍경이긴 하지만 설악의 다른 비경에는 미치지 못하는 듯다. 다들 매스컴에서 46년 만에 개방한다는 숫자에 속았다는 반응이다.

　새로 개방한 코스는 급조한 흔적이 역력했다. 엉성하게 만들어진 계단이며 비탈길을 별다른 안전조치도 없이 개방을 했다. 정작 만경대 경치는 실망스럽지만 그래도 주전골 경치를 본 것만으로 위안을 삼기로 한다.

## 제4장

무지개와
도깨비,
어린 시절의
추억

현대 도시민과 중장년 세대는
그 어느 시대보다도
물질의 풍요 속에 살면서도
항상 마음 한 구석에는
그 옛날 비록 가난했지만
마음만은 넉넉했던 시절을
여전히 그리워하고 있다.


이 장에 수록한 이야기들은
〈병철이 이야기〉라는 제목으로 집필해둔
자전적 회고기 중에서
대표적인 것들을 선별한 것이다.
즉 나의 어린 시절에 대한 회고기다.

1960~1970년대 시골을 배경으로 일어났던
어린 시절의 크고 작은 에피소드들이자
내 어린 날의 기억 속에
고스란히 남아 있는 자전적 에세이로서,
'병철이' 라는 한 까까머리 초등학생의 눈에 비친
그 옛날의 생생한 추억을 담았다.


'병철이' 는 곧 나의 어린 시절의 모습이다.
문명화되어 지금은 거의 잊혀져버린 시대,
바로 그런 시대를 기억하는 사람들의
추억을 어루만져주고,
경험해보지 못한 신세대에게는
간접경험을 통하여
잔잔한 감동을 줄 것이다.


가난했지만 행복했던 그 시절로의
추억여행을 떠나본다.

# 우리들의
## 먹거리

아침을 부실하게 먹어서일까? 수업이 끝나려면 아직 한 시간이나 남아 있는데 병철이는 벌써부터 배가 꼬르륵거린다.

뒤에 앉은 영수가 아침에 등교하면서 학교 앞 점빵에서 사온 '맘이 비스켓의 일종' 과자를 주머니에서 꺼내 먹고 있다. 반쪽만 떼어 주면 좋으련만 그 귀한 과자를 쉽게 줄 것 같지는 않다. 그렇다고 먼저 달라고 말하기는 병철이의 자존심이 허락하지 않는다. 하릴없이 복도에 나가 주전자에서 연거푸 물 두 컵을 마시고 자리에 돌아와 앉는다. 오늘 4교시는 유난히도 지루하게 느껴졌다.

수업이 끝나자 아이들은 삼삼오오 짝을 지어 집으로 돌아가고, 시장기 오른 병철이와 몇몇 친구들은 학교 뒤에 있는 풀빵 집으로 몰려갔다. 10원에 10개 하는 풀빵은 아이들에게 가장 풍성한 간식거리다. 눅눅한 밀가루 반죽과 팥으로 만든 소를 무쇠틀 안에 붓고 연탄불 위에서 이리저리 뒤집으면 맛있는 풀빵이 구워졌다. 아이들은 빵이 익기도 전에 군침부터 삼킨다. 연탄 화덕을 가운데 두고 빙 둘러앉아 나누어 먹는 풀빵 맛이 오늘따라 더욱 꿀맛 같았다.

풀빵 집에서 빵 한 개씩을 들고 큰 길로 나오는데, 오후 수업을 들으러 집에서 점심을 먹고 나오던 5학년 길수 형이 병철이 손에 들고 있던 빵을 빼앗았다.

"병철아, 나중에 이 형아가 많이 사줄게."

억울하긴 하지만 그래도 반절은 먹었으니 아쉬움은 덜하다.

아이들은 측백나무로 둘러 싸인 학교 울타리를 따라 원미네 사진관 쪽으로 걸어 나왔다.


원미네 집 뒤에 있는 조그만 미나리깡에
겨울 내내 얼어 있던 얼음이 녹으면서
파릇파릇한 미나리 싹이 돋아나고 있었다.


사진관을 돌아 큰 길로 나서니, 숙자 누나네 점빵 앞에 하굣길의 아이들 여럿이 군것질을 하고 있다. 주머니는 비어 있어도 하굣길에 아이들이 점빵을 그냥 지나치기란 쉬운 일이 아니다.

200가구가 넘는 동네에 농협 구판장을 제외하고 군것질을 할 수 있는 유일한 매점이 숙자 누나네 점빵이기 때문이다. 점빵이라고는 하지만 어른 손이 들어갈 만한 큰 유리병 몇 개에 두세 종류의 사탕과 비스켓이 전부다.

아쉽게 지나치려는데 마침 승규와 희백이가 독사탕돌같이 딱딱한 알사탕의 일종을 사가지고 나오면서 병철이에게 하나 건네준다. 1원에 두 개씩 하는 하얀 독사탕은 작지만 잘 녹지 않아 하나를 가지고도 집에 도착할 때까지 빨아먹을 수 있었다. 독사탕이 다 녹으면 사탕 한가운데서 응결점으로 작용했던 노란 좁쌀만이 혀끝에 느껴졌다.

독사탕을 신나게 빨면서 집에 도착하니 집에 계셔야 할 어머니가 보이지 않는다. 아직 밭에서 돌아오지 않으셨나 보다. 병철이는 어깨에 멘 책보도 풀지 않은 채 부엌으로 달려갔다. 시렁 위에 있는 대소쿠리를 들추니 아침에 어머니께서 삶아놓은 고구마가 있다. 병철이는 고구마를 들고 크게 한 입 물었다. 배가 고픈 터에 갑자기 고구마를 먹으니 목이 막혀왔다.

숨을 고르며 찬장에서 김치를 꺼내어

물 대신 김치 국물을 마셨다. 막힌 목이 뚫리면서
고구마의 단맛과 김치의 신맛이 어울려 더욱 입맛을 돋웠다.

한 자리에 앉아 고구마를 서너 개 정신없이 먹고 나니 비로소 뱃속
의 허기가 가신다. 그제서야 병철이는 책보를 풀러 방안에 던져놓
고, 고구마 껍질을 모아 토끼장에 넣어준다. 오늘 점심은 건너뛰어
도 좋을 것 같다.

# 추수하는 날

　토요일 오후. 대문을 들어서자 구미를 당기는 생선찌개 냄새가 코를 자극한다. 학교에서 돌아오는 병철이는 오랜만에 맡아보는 생선 비린내에 입맛을 다시며 달려 들어온다. 아마도 타작하는 논에 가지고 갈 생선찌개를 끓이고 있나 보다. 부엌에서는 어머니와 옆집 아주머니 신동댁이 함께 음식을 준비하고 있었다.

　"엄마, 학교 다녀왔습니다."

　"그래, 병철이 왔니? 배고프지?"

　"응."

　"병철아, 지금 논에서 일하는 아저씨들이 모두 점심을 기다리고 있으니까 너도 엄마랑 같이 논에 가서 먹으면 안 될까?"

　"그래, 알았어."

"그럼, 네가 저기 술 주전자 들고 올래?"

"네."

어머니와 신동댁은 커다란 광주리에 준비한 밥과 김치, 생선찌개 등을 가지런히 담아 상보로 덮었다. 먼저 신동댁이 어머니의 도움을 받아 좀 큰 광주리를 머리에 이고, 어머니는 광주리를 마루로 올려 혼자서 이셨다. 어머니와 병철이가 대문을 나서자 메리강아지가 길을 안내하듯 앞서 따라 나선다.

뒤따르던 병철이가 자꾸만 뒤로 처졌다. 처음에는 별로 무겁지 않던 주전자가 갈수록 무거워져 어린 병철이가 감당하기에는 점점 어렵게만 느껴진다. 어머니는 천천히 오라는 말만 남기고 앞질러 가버렸다. 병철이는 가다 쉬다를 반복하며 주전자와 힘겨운 씨름을 계속했다. 시간이 지날수록 쉬지 않고 한 번에 걸어갈 수 있는 거리가 자꾸만 짧아진다.

논둑 길을 접어들 즈음, 저만치에서 종팔이 아저씨가 달려왔다.

"병철아, 무겁지? 이리 내라. 아저씨가 들고 갈 테니까."

"예, 고맙습니다."

아저씨에게 주전자를 넘겨주고 나니 날아갈 듯하다.

구름 한 점 없이 맑게 개인 가을 하늘 위로
고추잠자리 떼가 맴돌고, 노랗던 황금들녘은
어느덧 듬성듬성 논바닥을 드러내고 있었다.

타작 논에 도착하니, 석수 아버지께서 식사하다 마시고 서둘러 막걸리 주전자를 받아 챙기신다. 아무래도 어른들은 밥보다는 술이 더 좋으신가 보다. 타작은 벌써 절반 이상이 진행되었다. 탈곡기 1대에, 홀태 4대가 타원형으로 놓여 있고 가운데에는 황금모래알처럼 탈곡된 나락이 수북이 쌓여 있다.

"병철아, 너도 이리 와서 밥 먹어라."

어머니가 한 쪽에 밥과 김치, 생선찌개를 덜어놓으시고 병철이를 불렀다. 오랜만에 보는 하얀 쌀밥에, 햇감자를 넣은 갈치조림, 속이 덜 찬 가을배추와 반쯤 자란 열무로 방금 담은 김치는 보기만 해도 군침이 돌았다. 눈 깜박할 사이에 밥 한 그릇을 비워낸 병철이는 아저씨들이 담배 한 대씩을 피우는 사이에 탈곡기를 돌려보았다.

발로 밟아 돌리는 탈곡기는 앞뒤로 왔다 갔다 할 뿐, 병철이 혼자 힘으로는 연속동작을 낼 수가 없다. 하지만 병철이는 탈곡기가 돌아가는 원리도 얼마 전에 보았던 증기기관차의 크랭크축이 기차바퀴를 돌리는 원리와 비슷할 것이라는 생각을 해보았다.

휴식을 마친 아저씨들이 다시 각자 일자리로 돌아갔다. 탈곡기 한 대에는 아저씨 두 명이 한 조가 되고, 홀태는 각각 아주머니들이 한 분씩 맡았다. 종팔이 아저씨도 탈곡기를 맡으셨다.

아저씨의 발이 상하로 움직이기 시작하자
탈곡기는 '씨~룩 씨~룩' 소리를 내며 힘차게 돌아간다.
종팔이 아저씨가 볏단을 올리기가 무섭게 낱알이 우수수 떨어진다.

큰형님은 논바닥에 널려 있는 볏단을 차례로 걷어다 탈곡기와 홀태 옆에 놓아주고, 아버지는 탈곡된 나락을 갈퀴로 긁어모으면서 통째로 떨어진 이삭이나 검불을 걷어내고, 깨끗하게 가려진 나락들을 가마니에 담기 시작하셨다. 가득 채워진 가마니는 나락이 새지 않도록 볏짚을 넣고 잘 묶어 한쪽에 쌓으셨다.

가마니 수가 늘어갈수록 남아 있는 볏단은 바닥을 보이기 시작한다. 먼저 탈곡 일을 끝낸 일우 어머니는 홀태를 치우시고, 잠깐 바람이 부는 틈을 타 한쪽에 모아놓은 검불더미를 바람에 날린다. 바람이 불 때마다 가벼운 검불은 날아가고 무거운 벼 이삭만 바닥에 떨어졌다.

일이 막바지로 치달을 즈음 어머니는 새참을 가지고 오셨다. 이번에는 고구마, 김치, 막걸리가 전부다. 잠깐 새참 시간을 갖고 나니 아저씨들의 손길이 더욱 빨라졌다. 마무리 탈곡을 하고 탈곡기를 걷어내니 바닥에 검불이 수북하다. 아주머니들은 검불 날리기와 바닥 정리를 하고, 아저씨들은 지게로 나락 가마니를 하나씩 신작로로 나르기 시작했다.

짧은 가을 해는 벌써 서산으로 기울고 있다. 아버지는 아주머니들을 먼저 댁으로 돌아가시라고 말씀하셨다. 나머지 잔업은 아버지와 종팔이 아저씨가 맡으셨다. 서둘러 짐을 정리하고 논바닥에 깔았던 덕석을 걷어내니 큰일은 대충 마무리가 된 것 같다. 리어카에 나락 가마니를 싣고 집으로 향할 즈음 어느새 서쪽 하늘에는 저녁노을이 붉게 물들어 있었다.

# 술 익는
## 마을

병철이 아버지는 막걸리를 무척이나 좋아하셨다. 그래서 병철이 네 집에는 하루도 막걸리가 떨어질 날이 없었다. 어머니는 이런 아버지를 몹시 싫어하시면서도 막걸리가 떨어지지 않도록 챙겨주셨다. 어린 병철이는 이런 어머니의 두 마음을 이해할 수가 없었다.

면내에 한 곳 뿐인 양조장어른들은 이곳을 '주장' 또는 '도갯집' 이라 불렀다은 동네에서 제일 부잣집이었다. 가끔씩 어머니는 양조장에서 술을 만들고 남은 찌꺼기인 술밥을 얻어오셨다. 하얀 술밥은 햇볕에 잘 말려 찌개를 끓여 먹거나 가축의 사료로 사용했다. 방금 얻어온 술밥은 때로 사람들의 간식거리로 활용되기도 했는데, 배가 고플 때 너무 많이 먹어 배앓이를 하기도 하고, 여자들이나 어린 아이들은 본의 아니게 술에 취해 고생하는 일이 잦았다.

막걸리를 만드는 과정은 비교적 간단했다.

보통은 누룩과 쌀쌀 대신 좁쌀이나 밀가루, 옥수수 가루 등도 사용하였다을 이용해 만들었는데, 먼저 쌀을 잘 씻어 수증기로 찐 다음 충분히 식혀서 미리 준비한 누룩가루와 섞는다. 누룩이 잘 섞인 밥알을 약간의 물과 함께 도가니에 넣고 따뜻하게 온도를 맞추어 주면 발효가 되었다. 자연발효는 보통 5일 정도 걸리지만 양조장에서는 발효를 촉진시키는 약품을 넣어 이틀 정도면 발효가 되었다.

집에서 발효시킬 때는 도가니를 따뜻한 아랫목에 놓고
이불로 덮어두었다. 발효가 된 것을 잘 걸러
적당량의 물에 희석하면 막걸리가 되었는데,
이때 발효 못지않게 중요한 것이 물의 희석 비율이었다.

그 비율에 따라 막걸리의 도수와 맛이 달라진다고 했다. 이런 막걸리는 명절이면 일반 가정에서도 조금씩 빚어 먹기는 하였지만 평상시에 가정에서 술을 빚는 것은 법으로 금지되어 있었다.

병철이는 가끔 아버지 심부름으로 막걸리를 받으러 가곤 했다. 언젠가 병철이네 집에서 사랑채를 보수하던 날, 그날도 병철이는 막걸리 주전자를 들고 양조장을 다녀오는데, 앞에서 경운기 한 대가 나무를 수북이 싣고 다가오고 있었다. 병철이가 조심스럽게 한쪽으로 피하려는 찰나, 경운기의 짐에 받쳐 병철이가 냇가로 넘어져 버렸다. 막걸리가 절반이나 엎질러졌다. 순간 병철이는 아버지께 혼날 것이 두려워 때마침 내린 장맛비로 막걸리 색깔과 비슷해진 냇물을 주전자에 퍼 담아 원래 분량으로 만들었다. 집에 도착한 병철이는 조마조마한 마음으로 아저씨들의 반응을 살폈다.

"오늘은 술 맛이 좀 싱거운 것 같다."

한 아저씨가 약간 의심은 하셨지만 그뿐이고 모두들 끝까지 잘도 드셨다.

'도대체 막걸리가 무엇이길래 그렇게 많은 황토물을 섞었는데도 어른들은 모르고 드시는 걸까?'

어린 병철이는 어른들을 속였다는 죄책감과 함께 그런 막걸리의 세계가 몹시도 궁금했다.

병철이 어머니는 아버지께서 드시고 남은 막걸리를 항상 시원한 부엌의 살강 밑에 두시곤 했다. 그러던 어느 날 학교에서 돌아와 보니 마침 어머니가 보이지 않았다.

문득 병철이는 살강 밑의 막걸리가 생각났다. 밖을 한 번 힐끗 쳐다본 병철이는 부엌으로 조심스럽게 들어가 주전자 주둥이에 입을 대고 막걸리 한 모금을 마셨다. 처음으로 먹어보는 막걸리 맛은 시큼하긴 했지만 그렇게 싫지는 않았다. 병철이는 잠깐 바깥 바람을 쐰 다음 다시 들어와 한 모금을 더 마셨다. 이러기를 여러 번, 병철이는 갑자기 어지러워지면서 졸음이 쏟아짐을 느꼈다.

시간이 얼마나 지났을까. 어머니가 부엌에 누워 있는 병철이를 발견한 것은 그로부터 몇 시간이 지난 후였다. 너무 놀란 어머니는 병철이를 안고 나와 마루에 누였다.

병철이 입에서 막걸리 냄새가 진하게 났다.

어머니는 서둘러 싱건지 국물을 먹이고 학독에 쌀을 갈았다.

쌀 물에 약간의 설탕을 타서 병철이에게 먹였다.

병철이는 심한 구토를 하더니 다음 날 아침까지 긴 잠을 잤다. 병철이는 그날 있었던 막걸리의 악몽을 오래오래 잊을 수가 없었다.

# 썰매
## 타기

"아빠, 우리 썰매 좀 고쳐주세요."

"왜? 썰매가 잘 안 나가냐?"

"네, 철사도 다 녹슬고, 송곳도 없고요."

"그래? 어디 이리 가져와봐라."

날씨가 추워지면, 병철이 아버지는 작년에 보관해두었던 썰매를 꺼내어 수리를 해주셨다. 녹슨 철사는 닦아내고, 망가진 송곳은 못과 나무막대를 이용하여 다시 만들어주셨다. 병철이 아버지는 목수 일을 하셨기 때문에 병철이 썰매는 친구들 중에서 가장 튼튼하고 잘 달렸다. 병철이는 이런 아버지가 항상 고맙고, 존경스러웠다.

얼음은 종팔이 아저씨네 물 논에서부터 얼기 시작했다. 종팔이 아저씨는 봄에 일찍 못자리를 하기 위하여 겨울 동안 논에 물을 가두어 두었는데 날씨가 추워지면 제일 먼저 얼음이 얼었다.

처음에 언 얼음은 튼튼하지가 못해 성급한 아이들은

몇 번씩 물에 빠지곤 했는데

우리는 그것을 '미역국 잡았다' 고 말했다.

병철이도 본격적인 썰매철이 될 때까지 서너 번 미역국을 잡아야 했다.

종팔이 아저씨 물 논에 얼음이 바닥까지 얼어갈 때면, 농협 앞의 오리장에도 얼음이 얼기 시작했다. 오리장은 농협 앞 냇가를 막아 물을 가두어 두었는데 그 넓이가 400평 정도에 평균 물의 깊이는 1미터 가량 되었다. 원래는 농협에서 소득 증대를 목적으로 오리를 키울 계획이었지만, 물이 지저분해진다는 마을 주민들의 의견을 받아들여 지금은 그냥 물만 담아두어 커다란 호수로 변해 있었다.

겨울이 되면 이곳은 아이들에게 더없이 훌륭한 스케이트장이 되었다. 오리장에 한 번 얼음이 얼기 시작하면 입춘이 지나고 봄이 올 때까지 얼음은 좀처럼 녹지 않았다.

"일우야, 썰매 타러 가자."

농협 앞 오리장을 둘러보고 온 병철이는 아침부터 일우를 꼬드겼다. 병철이와 일우가 커다란 썰매를 메고 밖으로 나왔을 때는 벌써 오리장에 아이들 여럿이 썰매를 타고 있었다. 혼자서 신나게 타고 있는 성진이, 동생을 태워주고 있는 창수, 수야를 밀어주는 영필이…….

수야를 본 순간, 병철이는 영필이를 밀치고 수야에게
달려가고 싶었지만 용기가 나질 않았다.
단지 혼자서 가슴앓이를 할 뿐…….
그 마음을 아는지 모르는지 수야는 그저 신나게 썰매만 탔다.

심술쟁이 용식이 형은 자기 것은 가져오지도 않고 아이들의 썰매를 돌아가며 빼앗아 탔다. 대부분의 아이들은 앉아서 타는 썰매만을 타고 놀았지만, 몇 명은 나무를 삼각기둥 모양으로 깎아 바닥에 철사를 대서 만든 발 스케이트를 타기도 했다. 부딪치고, 넘어지고, 뒹굴고……. 시간이 지날수록 얼음판은 밀려드는 사람들로 북새통을 이루어 간다. 점심시간이 되어도 아이들은 집에 돌아갈 줄을 모르고 얼음지치기에 푹 빠져 있었다.
어디서 가져 왔는지 용식이 형이 큰 돌멩이를 가지고 와서 가운데 얼음 구멍을 하나 뚫었다.

"자, 너희들, 지금부터 나 같이 썰매를 타고 이곳을 건너가 봐라."

용식이 형은 자기가 먼저 썰매를 타고 얼음 구멍 위를 힘차게 건너 갔다. 아이들이 하나, 둘 따라서 건너기 시작했다.

"이러다가 틀림없이 한 놈은 여기에 빠질 것이다."

용식이 형은 조금씩 커져 가는 얼음 구멍을 반복해서 건너면서 예 언처럼 혼잣말로 지껄였다. 그러기를 여러 번, 또 다시 용식이 형이 얼음 구멍을 지나는 순간, 옆에 있던 얼음이 깨지면서 용식이 형이 썰매와 함께 물속으로 잠수를 했다. 아이들이 모두 박장대소를 하며 웃었다. 다행히 물이 깊지 않아 바로 빠져나올 수는 있었지만, 몸은 온통 물에 빠진 생쥐 꼴이 되었다. 용식이 형은 아이들을 한 번 무섭 게 노려보더니 이내 집으로 달려갔다. 용식이 형이 달려가는 길 위 로 물방울이 줄줄이 흘러내렸다.


입춘이 지나면 오리장의 얼음은 강도가 많이 약해졌다. 오후가 되 니 얼음에 조금씩 금이 가기 시작했다. 아이들은 이번에는 얼음뗏목 을 타고 놀았다. 결을 따라 갈라진 커다란 얼음조각 위에 올라 긴 장 대로 밀면, 얼음조각은 마치 배처럼 잘도 떠다녔다. 하지만 얼음 강 도가 약해 그리 오래 가지는 못 했다. 그래서 얼음뗏목을 타는 즐거움을 얻으려면 물속에 빠지는 것을 각오해야 했다.

이때쯤이면 오리장 옆 공터에는 누가 피워놓았는지 언제나 모닥
불이 피워져 있었다. 얼음뗏목을 타고 놀다가 물에 빠진 아이들은
꽁꽁 언 발을 이 모닥불에 녹이곤 했다.


양말과 바지를 태워 먹었던 곳도

두 발이 벌겋게 동상이 걸렸던 곳도

엄마에게 야단을 맞을까봐 마음 졸이며 기다렸던 곳도

바로 이 모닥불 옆이었다.

# 나무 지게 장단에
## 흥이 오르면

"야, 우리 누가 멀리 나가나 시합할까?"

"그래, 좋아."

"와~, 역시 태종이가 제일 멀리 나가는데."

아이들은 굴바위 쉼터에 나뭇짐을 세워놓고, 오줌 멀리 싸기 시합을 했다. 굴바위는 새모실을 지나 지뿌실지명: 심곡로 들어서는 입구에 있는 커다란 바위인데, 여러 개의 바위가 한데 어우러져 교묘한 모습을 하고 있고, 여기저기에 크고 작은 동굴이 뚫려 있어 사람들은 이곳을 굴바위라 불렀다. 굴바위는 지뿌실로 나무를 하러 가는 사람들에게는 고정 쉼터가 되어 주었다.

낙엽이 지기 시작하는 늦가을부터 새잎이 돋아나는 이른 봄까지

가장 중요한 일과 중의 하나는 산으로 나무를 하러 가는 것이었다. 병철이네 마을은 대부분의 가정에서 연탄 대신 나무를 이용해 난방과 취사를 해결했기 때문에 겨울 동안 열심히 쌓아 놓아야 다음 1년을 땔감 걱정 없이 보낼 수 있었다.

병철이네 마을은 들판 한가운데 있었기 때문에 나무를 하기 위해서는 1.5~2킬로미터 정도 걸어가야만 했다. 마을 가까이 있는 산들은 대부분 주인이 있어서 마음대로 나무를 할 수도 없었지만, 산도 거의 벌거숭이가 다 되어 있어 더 이상 채취할 나무가 없었다.

아이들이 주로 다니던 산은 새모실과 지뿌실이었고, 가끔은 가까운 안산으로 가기도 했다. 새모실과 지뿌실은 들판을 지나고 고개를 넘고 개울을 건너야만 했다. 운이 좋은 날은 눈 속에서 꿩이나 토끼를 줍기도 했는데, 이것들은 추위와 폭설 때문이기도 했지만, 대부분은 사람들이 놓은 사이나독약의 일종나 올가미에 걸려 잡히는 경우가 많았다. 나무는 보통 오전과 오후, 하루에 두 번을 했지만, 싫증이 나면 하루에 한 번만 하고 나머지 시간은 놀이를 즐겼다. 겨울방학 때면 아이들은 먼저 가까운 새모실에서 빨리 할 수 있는 아카시아나 통나무로 오전을 보냈다.

나무를 한 짐 부려놓고, 부엌으로 달려가 냉수 한 잔에

삶은 고구마와 가닥김치로 점심을 대신하고 바로 오후 일과에 들어갔다.

짧은 겨울 해에 편히 쉬고 있을 시간이 없었다.


휴식은 나무 하러 가면서 하면 된다. 오후에는 좀 더 먼 지뿔실로 가서 삭정이<sub>죽은 나뭇가지</sub>나 가린나무<sub>소나무나 오리나무의 낙엽</sub>를 했다.


"미워도 한 세상, 좋아도 한 세상,

마음을 달래며 웃으며 살리라."

앞서 걷던 용식이 형이 나무 지게에 작대기로 장단을 맞추며 흥을 돋운다. 아이들도 하나둘 따라 부르기 시작했다. 오후 햇살이 나면서 얼었던 길이 녹아 진흙탕이 되어간다. 용식이 형은 바지 끝을 농구화 속에 집어넣고 끈을 힘껏 조였다.

병철이와 일우도 신발이 벗겨지지 않도록 새끼줄로 검정고무신을 묶었다. 새모실 개울에는 얼음이 녹지 않고 아직까지 꽁꽁 얼어 있다. 용식이 형이 얼음판 위를 신나게 미끄러져 본다.

아이들은 양지바른 산소 옆에 나무자리를 잡았다. 아직은 계곡에 눈이 녹지 않아 가린나무는 할 수 없을 것 같다. 용식이 형은 통나무를 하고 나머지 아이들은 삭정이 나무를 하기로 하였다. 용식이 형이 톱으로 죽은 나무를 베면, 병철이와 일우가 한 나무씩 맡아 삭정이를 따고, 올라갈 수 없는 높은 나무에 있는 삭정이는 갈고리를 만들어 땄다.

시간이 얼마 되지 않았는데 벌써 서산에 해가 기울기 시작했다. 용식이 형이 서둘렀다. 겨울 산은 해만 넘어가면 바로 어두워지기 때문에 빨리 산을 내려가야 했다. 병철이와 일우가 나뭇동을 묶어 지게에 지고 일어났다. 좀 무겁긴 하지만 견딜 만한 무게라고 생각했다. 용식이 형이 앞장을 서고 병철이가 뒤를 따랐다.

굴바위에 도착하니 벌써 어둠이 깔리기 시작했다. 오늘은 오줌 싸기 시합도 못 해보고 바로 일어서야 했다. 용식이 형은 반구보 속도로 달음질쳐 앞서갔다. 아이들도 뒤질세라 용식이 형의 발 뒷굽만을 따라 달렸다. 새모실 개울을 건너는 순간, 병철이가 얼음에 미끄러져 개울에 넘어지고 말았다. 먼저 건너간 용식이 형이 지게를 받쳐 놓고 달려왔다. 물속에 빠진 나무다발을 건져 위에까지 올려주고, 목에 두르고 있던 수건으로 물에 빠진 병철이의 발을 깨끗이 닦아 주었다.

'심술쟁이 용식이 형에게 이런 자상함이 있다니…….'

병철이는 용식이 형의 이런 모습이 잘 믿기지 않았다. 새모실 고개를 넘어 논둑길을 달려내려올 때쯤 어둠 속에서 병철이를 부르는 소리가 들렸다. 아버지였다. 병철이는 갑자기 다리에 힘이 솟았다. 아버지께 지게를 넘겨준 병철이는 홀가분한 마음으로 뒤를 따랐다.


등 뒤에서 불어대는 차가운 북서풍이
촉촉이 흘러내린 땀을 식혀주고,
낮에 녹아 질퍽거리던 논둑길은
어느새 다시 얼어가고 있었다.

# 들에는
## 아지랑이 피어오르고

토요일 방과 후, 병철이는 엄마를 따라 밭으로 풀을 베러 나섰다. 아직은 풀이 충분히 자라지 않아 우선은 토끼 밥을 준비하는 정도면 되지만, 풀을 많이 베어올 때면 소죽에도 조금씩 섞어주었다. 소들도 겨우내 뻣뻣한 짚여물만 먹다가 새 풀을 섞어주면 훨씬 많은 양을 먹어치웠다. 소들도 봄내음을 맡으면 입맛이 좋아지는가 보다.

어머니가 시금치와 마늘 밭을 매는 사이, 병철이는 주위에서 풀을 벴다. 여기저기 겨우내 돌보지 못했던 논밭을 일구는 동네 사람들의 모습이 분주해보였다. 이제 서서히 농사철이 시작되는가 보다.

종팔이 아저씨는 보리논에 웃거름을 주는지 장화에 쇠스랑과 포크를 들고 이리저리 두엄거름을 흩뿌리고 있고, 경빈이 형은 밭에 거름을 내는지 바작을 끼운 지게를 지고 오간다. 경빈이 형네 밭 옆에는 애란이 누나가 나물을 캐고, 그 윗밭에는 수야가 있었다.

멀리 지평선 위로 아롱아롱 피어오르는 아지랑이를 따라
종달새가 지지배배 재잘거렸다.

"수야, 나물 많이 캤니?"
병철이가 수야에게 다가가면서 물었다.
"아니, 우리도 이제 나왔어."
"넌 어떤 나물을 캐는데?"
"응, 국 끓여먹을 수 있는 것은 아무거나……."
"내가 캐줄까?"
"됐어. 넌 풀이나 베. 나물 구분도 못하면서……."
"아니야, 나도 나물 구분할 줄 알아. 자, 볼래? 이것은 쑥이고, 저것
은 냉이, 그리고 이것은 꽃단지……. 이런 것들이 다 국 끓여먹을 수
있는 것들 아니야?"
"그래, 맞아. 너 어떻게 그렇게 잘 알아?"
"응, 엄마가 가르쳐주셨지."
"걸럭지 나물, 장구나물 등도 국을 끓일 수 있고, 씀바귀, 보리뱅
이, 박나물, 고구마 나물, 풍년초, 불미나리 등은 삶아서 무쳐먹을 수

있고, 달래와 돗나물 등은 그냥 날것으로 무쳐먹을 수 있지."

"아하, 그렇구나. 그리고 보니 넌 꼭 나물 박사 같다."

"박사는 뭘……."


수야가 병철이와 나물을 캐고 있는 사이, 언덕 너머 보리밭에서는 경빈이 형과 애란이 누나가 함께 있었다. 밭에 거름을 내던 경빈이 형이 애란이 누나에게 먼저 다가갔다. 경빈이 형이 서서 무엇인가를 열심히 이야기하더니 이제는 아예 밭두렁에 자리를 잡고 앉았다. 애란이 누나도 나물 캐는 시늉만 할 뿐 바구니에는 거의 손이 가지 않았다. 경빈이 형이 멀리 손가락을 가리키면, 애란이 누나의 시선은 자석에 끌리듯 형이 가리키는 방향으로 돌아갔다.

깔깔거리는 애란이 누나의 웃음소리가 들리는가 하면, 금방 애란이 누나가 경빈이 형을 때리기도 하고, 급기야는 두 사람이 보리밭 위로 넘어지기까지 했다. 병철이는 두 사람이 무엇을 하고 있는지 자세히 볼 수는 없었지만, 아마도 경빈이 형과 애란이 누나가 서로 좋아하는 것이라고 생각했다.


"자, 내가 많이 캤지?"

"야, 이렇게 지저분하게 캐면 어떻게 해?"

"왜? 그래도 많이만 캐면 되지."

병철이가 낫으로 쑥과 냉이 등을 한줌 캐 가지고 왔다. 수야는 이렇게라도 도와주려는 병철이가 고맙기는 했지만 너무도 지저분하여 그대로 바구니에 넣을 수는 없었다. 수야는 병철이가 캐온 나물 중에서 크고 깨끗한 것만 골라 바구니에 담았다. 덕분에 수야의 나물 바구니는 금세 채워졌다. 병철이는 수야가 나물을 다듬는 사이, 학교 이야기며 친구들 이야기 등으로 말동무가 되어 주었다.

풍악산 쪽으로 오후 해가 서서히 기울면
들판에 보이던 사람들이 하나 둘 집으로 돌아갔다.

"병철아, 집에 가자."

어머니가 병철이를 불렀다. 병철이가 일어나자 수야도 함께 일어섰다. 병철이와 수야가 애란이 누나가 있는 보리밭 쪽으로 내려갔다.

"언니, 집에 안 갈 꺼야?"

"으응, 너 먼저 가. 난 조금만 더 캐다 갈게."

수야가 애란이 누나에게 다가가 물었을 때 애란이 누나는 넘어진 보리를 일으켜 세우고 있었다. 애란이 누나의 나물 바구니는 아직 반도 차지 않았다.

"그러지 말고 같이 가자. 응? 나 오늘 너무 많이 캤는데 언니 좀 줄게."

"그래도 돼?"

"응, 이래봬도 이거 꽉꽉 눌렀기 때문에 아주 많거든."

못 이기는 척 애란이 누나는 수야가 주는 나물을 한줌 받아 담았다. 두 사람은 바구니의 나물을 송골송골하게 부풀렸다. 두 바구니가 금새 가득 차 보였다.


애란이 누나는 수야네 집 옆에 살고 있었다. 여고를 갓 졸업한 누나는 대학 진학은 하지 않고 곧 읍내에 있는 사무실에 취직할 것이라고 했다. 큰 키에 시골 여자답지 않은 하얀 피부, 하늘을 모두 담아내고도 남을 만큼 큰 눈망울……. 병철이는 애란이 누나를 볼 때마다 영화배우 같이 예쁘다고 생각을 했다. 동네 형들도 모두 애란이 누나를 좋아했는데, 그중에서도 특히 경빈이 형과 친하게 지냈다.


그날 이후 경빈이 형과 애란이 누나에 대한 이야기는 심심찮게 들을 수 있었다. 종팔이 아저씨네 보리밭을 다 뭉갠 장본인이라는 둥,

일우네 삼나무 밭에서 두 사람이 뽀뽀를 하는 것을 보았다는 둥, 두 사람이 곧 결혼하게 될 것이라는 이야기까지 소문은 끊이질 않고 계속되었다.

병철이는 '이런 것을 사랑이라고 하나 보다' 하고 막연하게 생각했다. 하지만, 왜 모든 사람이 경빈이 형과 애란이 누나의 사랑에 대해서만 그렇게 많은 이야기를 하는지는 수수께끼로 남아 있었다. 병철이가 어른이 되면 이해할 수 있을까?

# 무지개를
## 쫓아서

벌써 한 달 가까이 장맛비가 계속되었다. 아이들은 이제 지루하게 뿌려대는 빗줄기가 지겨워졌다.

오늘도 오전 내내 세차게 내리던 빗줄기는 오후 들면서 점점 가늘어졌다. 잠깐 비가 그칠 때면 병철이와 친구들은 마을 앞개울에서 물고기를 잡았다. 계속된 비 때문인지 물은 맑았고 물고기도 심심찮게 잡혔다.

"잉어 잡았다. 잉어!"

"어디? 어디?"

두 손으로 돗대를 들어올리면서 병철이와 영수가 소리치자, 깡통을 들고 있던 창수가 달려왔다. 깡통에는 피라미 몇 마리와 붕어 새끼 한 마리가 담겨 있었다. 마을 개울에서는 보통 붕어나 피라미 정도가 고작이었는데, 잉어가 잡히다니 아이들에겐 의외였다. 아마도 이번 장마에 왈길 저수지나 숯거리 양어장에서 뛰쳐나왔을 것이다. 크기는 20센티미터 정도로 잉어 치고는 그리 크지 않았지만, 지금까지 아이들이 잡은 것들에 비하면 제일 큰 놈이었다. 창수가 깡통에 손을 넣어 신기한 듯 만져보며 좋아했다.

"야, 저기 좀 봐라. 무지개다. 무지개."
영수가 동쪽 하늘을 가리키며 소리쳤다. 모두들 영수가 가리키는 방향으로 고개를 돌렸다. 일곱 색깔 선명한 무지개가 반원을 그리며 가까이에 떠 있었다. 무지개는 옥전 마을 앞에서 판 고개와 기와산 위로 하여 매사이에 이르는 커단란 반원을 그려냈다.

병철이가 이렇게 가까운 거리에서 무지개를 보는 것은 이번이 처음이었다. 참으로 신비스러웠다. 지금까지 보아왔던 무지개는 높은 하늘에 짤막한 호를 그리거나 희미하게 떠올랐다가 금방 사라져버리는 정도가 고작이었기 때문이다. 반대편 서쪽 하늘에는 하얀 뭉게구름 사이로 한 줄기 강한 햇빛이 새어나오고 있었다.

"무지개는 어디서 어떻게 생겨나는 것일까?"
창수가 물었다.

"우리 형이 그러는데 무지개는 비가 온 다음에 맑은 샘물로부터 시작된대."

영수가 대답했다.

"야, 그럼 우리 무지개가 시작되는 샘물이 어디인지 한번 찾아가 볼까?"

병철이가 제안을 했다.

"아주 멀 텐데."

"아니야, 저기 보이잖아. 기와산 앞쪽으로 펼쳐져 있으니까 매사 이까지만 가보면 알 수 있을 거야."

"그래, 그럼 우리 같이 가보자."

소년들은 무지개가 시작되는 샘을 찾아가기로 마음을 모았다.

"그런데 이 돛대와 고기는 어떻게 하지?"

"응, 돛대는 조상거리 다리 밑에 숨겨두고, 고기는 저기 장태 방죽에 놓아주자."

"그래, 그게 좋겠다."

소년들은 돛대를 둘둘 말아서 다리 밑에 놓고, 우체국 앞을 지나 장태 방죽 쪽으로 향했다. 병철이가 앞장을 서고, 영수가 뒤를 따랐다. 서쪽 하늘에는 뭉게구름이 빠르게 걷혀가고 있었다. 마을 진입로를 따라 양쪽으로는 봄에 심어놓은 코스모스가 소년들의 무릎 높이까지 자라 있고, 앞 들녘에는 거름기 오른 모가 짙푸르게 자라고 있었다.

우체국을 지나 100여 미터를 내려와 논둑길로 접어들었다. 곧바로 길이 50미터쯤 되는 긴 직사각형 모양의 장태 방죽이 한눈에 들어온다. 고여 있는 물 같지 않게 맑았다. 병철이는 언뜻 '무지개가 피어오르는 곳에도 저런 샘물이 있겠지'라는 생각을 했다.

소년들은 잡아온 물고기들을 장태 방죽에 놓아주었다. 피라미 한 마리가 하얀 비늘을 하늘로 하고 물 위에 떠올랐다. 또 한 마리는 마치 마취제라도 먹은 듯 비틀거리며 헤엄쳐갔다. 다행히 잉어를 포함한 나머지 물고기는 모두 펄펄 살아서 물속으로 유유히 사라졌다. 방죽 위에 떠 있는 소금쟁이 사이로 물뱀 한 마리가 물살을 갈랐다.

무지개 발원지까지는 아직 1킬로미터 가까이 남아 있었다. 소년들은 장태 방죽에서 시작된 수로를 따라가기로 했다. 수로는 논과 논사이를 굽이굽이 적시며 매사이 방향으로 흘러갔다.

간간히 수로 쪽으로 뻗은 갯버들 나무뿌리가 긴 머리카락처럼

물줄기를 따라 춤을 추고, 그곳에는 어김없이
한 무리의 고기떼가 물살을 거슬러 올라가고 있었다.


논둑길은 빗물에 모두 젖어 있어 소년들의 바지는 흠뻑 젖은 지 오
래였다. 벌써 30여 분을 걸어왔지만, 무지개가 시작되는 곳까지는
아직 200~300미터 남아 있었다. 한 가지 이상한 것은 소년들이 가까
이 갈수록 무지개 색깔이 점점 더 흐려져간다는 것이었다.

이윽고 상정몰에서 내려오는 큰 냇가가 보였다. 이 냇가는 두 갈래
물이 한데 만나 내려오기 때문에 제법 큰 내를 이루었다. 한 줄기는
풍악산 북쪽 봉우리에서 발원하여 지뿌실과 새모실, 옥전을 지나면
서 율정물과 합류되고, 또 한 줄기는 왈길 저수지에서 발원하여 왈
길과 운교를 지나 상정몰로 내려왔다.

소년들은 이 냇가를 따라 매사이까지 마저 내려갔다. 하지만 무지
개의 발원지가 될 만한 샘물은 어디에도 없었다. 지표면 가까이 떠
있던 무지개는 이미 사라져버렸고, 아직 하늘에 희미하게 남아 있는
무지개의 위치를 가정하여 추측할 수밖에 없었다. 그곳은 바로 상정
몰에서부터 흐르고 있는 냇가임에 틀림없었다.

소년들은 허탈했다. 오색의 무지개가 시작되는 새로운 샘을 찾아
먼 길을 달려왔는데 그것이 겨우 소년들이 처음 고기를 잡고 놀았던

그 냇가라니……. 하지만 소년들은 한 가지만은 확실하게 얻을 수 있었다. 무지개가 피어오를 수 있는 곳이 어디인지는…….

집으로 돌아오는 길에 병철이는 들릴 듯 말 듯한 소리로 조용히 흥얼거렸다.


'비 그친 냇가에서 우리는 고기를 잡고 있었지.

우리는 보았지.

그리 멀지 않은 곳에 빛나고 있는 찬란한 오색의 무지개를.

우리는 달렸지.

무지개가 피어오르는 샘을 찾아서.

우리는 알았지.

무지개가 피어오르던 곳은 우리가 고기 잡고 놀았던 바로 그 냇가였다는 것을.

우리는 깨달았지.

우리가 쫓는 무지개의 꿈은 멀지않은 바로 우리 곁에 있다는 것을…….'

# 아버지의
## 사랑의 두께

꿈이었다. 그것도 악몽이었다.

꿈에서 소년은 햇볕이 쨍쨍 내리쬐는 벌판을 달렸고, 지친 몸을 나무 그늘 아래서 쉬고 있었다. 유난히 넓고 파란 초원이었다. 맑은 하늘과 시원한 바람이 살랑살랑 불어왔다.

그런데 잠시 후 그 시원하던 바람이 심한 악취를 동반한 가스로 변했다. 어디서 시작되었는지 알 수는 없었지만 새까만 연기가 소년에게 몰려왔다. 소년이 가스를 피하여 열심히 달려보았지만, 가는 곳마다 그 독가스는 소년을 완전히 포위해버렸다. 피하려 달려갈수록 더욱 많은 가스가 소년을 에워쌌다. 주위가 깜깜해지면서 두려움이 엄습해 왔다. 도움을 요청해보았지만 듣는 사람이 없었다.

숨쉬기가 무척 괴롭다는 생각이 들었다. 목이 아파오고 심하게 조여왔다. 무언인지 모를 심한 갈증을 느끼면서 소년은 허우적거리다 겨우 눈을 떴다.

방 안은 온통 연기로 가득 차 있었고, 책상 밑에서 빨간 불꽃이 새어나오고 있었다. 책상에 불이 붙은 것이었다.

두 평 남짓 되는 조그마한 방에 나무로 만든 앉은뱅이 책상만이 하나 놓여 있었다. 겨울이면 외풍이 심했지만 소죽을 쑤는 방이었기 때문에 방바닥만은 항상 뜨끈뜨끈했다. 소년은 초저녁에는 언제나 책상 위에서 공부를 시작하지만 밤이 깊어갈수록 따뜻한 방바닥이 그리워졌다.

어젯밤에도 그랬다. 내일 있을 월말고사 준비를 위해 밤늦게까지 방바닥에 엎드려 공부를 하다가 호롱불을 책상 밑으로 밀어넣고 깜빡 잠이 들었던 것이다. 호롱불꽃은 계속해서 책상 밑을 달구었고, 결국 바짝 마른 나무책상에 불이 붙은 것이다. 겁이 났다. 순간적으로 어떻게 해야 할지 판단이 서질 않았다.

소년의 집은 나무와 진흙, 지붕은 볏짚으로 이루어져 있었기 때문에 언제라도 불길이 닿으면 삽시간에 집 전체로 옮겨붙을 수 있기 때문이었다.

소년은 우선 책상 밑을 보았다. 여전히 호롱불이 켜져 있었고, 책상 밑이 이미 벌겋게 불이 붙어 있었다. 혼자서 꺼 보려고 했지만 도저히 엄두가 나질 않았다. 무엇보다 독한 가스 때문에 숨이 막혀 더 이상 방 안에서 버틸 수가 없었다.

일단 방문을 열고 밖으로 나왔다. 바깥의 신선한 공기를 대하니 우선 살 것 같았다. 맑은 공기가 이렇게 편하고 좋은지 미처 알지 못했다. 주위는 깜깜했고 밤하늘에는 별이 총총 빛나고 있었다. 소년은 아버지를 깨우기로 했다.

"아빠, 불이 났어요! 불!"

안방 문을 열면서 소년이 외쳤다.

"뭐, 불이라고? 어디에?"

"작은방이요."

아버지는 한참 곤한 잠을 주무셨을 텐데 '불이 났다'는 소년의 다급한 외침에 곧바로 일어나셨다. 보통은 아버지가 잠자리에 들기 전에 항상 소년의 방을 돌봐주는데 어제는 약주를 한 잔 드셔서 다른 날보다 일찍 잠자리에 드셨던 것 같다.

아버지가 방문을 열었을 때에는 불꽃이 이미 책상 위로 솟아오르고 있었다. 아버지는 우물로 달려가시더니 물 한 동이와 바가지를 가지고 돌아오셨다. 조그만 방 안은 연기로 자욱했다. 급하게 불꽃이 보이는 곳에 물을 뿌렸다. 하지만 불꽃은 책상 속에서부터 나오고 있어서 잘 꺼지질 않았다.

"병철아, 우물에서 물 좀 퍼오고 엄마도 깨워라."

소년이 돌아서는 순간,
누군가 어둠 속에 서 있었다. 어머니였다.
어머니가 어느새 일어나 물동이를 들고 서 있었다.

그 사이 아버지는 뒷문을 열어 연기가 빠져나갈 수 있도록 하시고, 책상 위의 책들을 한쪽으로 치운 다음 책상을 발로 차서 무너뜨렸다. 서랍 속에 남아 있던 메탄가스가 퍼지면서 순간적으로 큰 불꽃을 만들어냈다. 부서진 책상 위에 다시 물세례가 쏟아졌다.

어머니는 남포등을 켜 들고 오셨다. 소년이 남포등을 잡고 어머니는 계속해서 두어 번의 물동이를 더 날라왔다. 아직까지 연기는 조금씩 나고 있었지만 불꽃은 더 이상 보이지 않았다.

아버지는 먼저 물에 젖은 책들을 챙겨 소년에게 건넜다. 이어서 타다 남은 책상 조각들을 밖으로 걸어냈다. 방바닥이며 이불이 온통 폭탄을 맞은 듯 난장판이 되어 있었다. 방 안에서는 여전히 매캐한 연기 냄새가 진동을 했다.

한 시간 여에 걸친 한밤중의 소란이 끝이 났다. 급한 일이 마무리

되자 소년은 이제 아버지께 혼날 일이 걱정되었다. 눈치만 살살 살피고 있는데 아버지는 아무렇지도 않은 듯 태연히 말씀하셨다.

"병철아, 아직 날이 새려면 멀었으니까 안방에 가서 자라."

크게 화를 내실 줄 알았는데 아버지는 아무 말씀도 하지 않으셨다.

"우리 병철이 많이 놀랐지?"

안방 잠자리에 누웠을 때 어머니께서 소년을 꼭 껴안아주시면서 말씀하셨다. 소년은 오랜만에 어머니의 품 안에서 그렇게 아침까지 긴 단잠을 잘 수 있었다.


"병철아, 이제 그만 일어나 학교 가야지?"

어머니의 소리를 듣고서야 소년은 잠에서 깨어났다. 소년이 일어나 밖으로 나왔을 때 아버지는 소죽을 끓이고 난 부엌 앞에서 물에 젖은 책들을 말리고 계셨다. 소년은 작은방을 들여다보았다. 어느새 이불이며 방바닥을 깨끗이 치워놓았다. 소년은 마치 간밤에 또 한 번의 꿈을 꾼 것만 같았다. 아마도 아버지는 그 시간 이후 잠을 주무시지 않으신 것 같았다.


책은 대부분 말라 있었다. 소년은 가방을 챙기면서
책들이 훨씬 두터워졌다는 것을 알았다.

아무래도 아버지의 사랑의 두께만큼이 더해진 것이리라.

소년이 학교에서 돌아왔을 때, 마루에는 지금까지 못 보던 예쁜 새 책상이 놓여 있었다. 아버지께서 만들어놓은 것이었다. 어머니와 아 버지는 작은방을 깨끗이 도배하고 계셨다. 불에 타버린 책상과 연기 에 그을린 벽을 하루 만에 새 것으로 말끔히 바꾸어 놓으셨다.

목수일을 하셨던 소년의 아버지는 거의 매일 일을 하러 나가셨지 만, 그날은 어디에도 나가지 않으셨다. 그날 이후 아버지는 그 화재 사건에 대해 어떠한 언급도 하지 않으셨다. 다만, 아무리 약주를 많 이 드신 날에도 잊지 않고 밤마다 소년의 방을 돌봐주었다. 소년은 자라면서 이것이 아버지만의 사랑이라는 것을 느낄 수 있었다.

# 도깨비와
## 백여시

병철이네 마을에는 유독 도깨비나 여시여우의 사투리를 보았다는 사람이 많았다. 그래서 아이들은 밤 늦은 시간에 불 없이 혼자 밖에 나가는 것을 몹시 꺼렸다. 아이들뿐 아니라 어른들조차 밤 12시가 넘으면 어스름한 곳을 혼자서 지나가는 것을 삼가했다.

기본적으로 도깨비는 여러 가지 형태의 불빛으로 나타나지만 때로는 뿔이 난 귀신이나 사람의 형상으로도 나타났다. 반면에 여시는 대부분 노파나 예쁜 아가씨의 모습으로 나타나 주로 남자들을 홀린다고 했다.

여름이면 병철이는 마을 정미소나 정자나무, 조상거리 등에서 늦은 시간까지 친구들과 놀았다. 아이들이 정신없이 놀다 보면 시간이 늦은 줄도 모르고 노는 데에만 정신이 팔리게 된다. 그러다 각자 집에서 누가 데리러 오거나 졸려서 더 이상 노는 데 흥미를 잃으면 집으로 돌아갔다. 그럴 때면 마을 어르신들은 '이제 도깨비 나올 시간이니 그만들 들어가 자거라' 라고 말씀하시곤 했다.

진도리를 하고 놀던 어느 날 밤, 길영이와 명규는 함께 마을 앞 들판 가운데까지 도망을 갔다 돌아오는 길이었다. 자정이 다 된 시각이라 집들은 대부분 불이 꺼졌고 적막감마저 감돌았다. 두 사람은 뭣 모르고 달려나갔던 때와는 달리 다소 긴장을 하면서 발걸음을 재촉했다.

그들이 동근이 형네 삼나무 밭을 막 지나올 무렵, 숲 거리 쪽에서 조그마한 불빛 하나가 좌우로 천천히 움직이는 것이 보였다. 두 사람은 잔뜩 긴장을 하면서 불빛의 움직임을 주시했다.

불빛은 점점 커지더니 두 개로, 다시 세 개로,
급기야는 여러 개의 불빛으로 나뉘면서
동그란 원을 그리기도 하고 춤을 추듯이 움직이기까지 했다.
때로는 일렬로 서기도 하고 때로는 무리를 지어
뭉쳤다가 흩어지기도 했다.

“야, 저것이 진짜 도깨비불인가 보다.”

“그러게. 정말 신기하다.”

두 사람이 정자나무 아래까지 왔을 때에는 사람들이 모두 귀가해 버리고 마을은 적막함에 쌓여 있었다. 두 사람은 신기함 반, 두려움 반의 마음으로 귀가를 서둘렀다.

한번은 병철이가 마을 정미소에서 숨바꼭질을 하다가 백여시<sup>백년 묵었다는 여우</sup>와 마주쳤다. 그날 밤은 달빛이 유난히도 밝았다. 병철이와 태권이는 정미소 뒤쪽 왕겨가 나오는 허름한 헛간 창고에 숨어 있었다. 숨을 죽이고 숨어 있는데 갑자기 천정에서 먼지 같은 것이 머리 위로 떨어졌다.

순간 병철이는 불길한 예감에 고개를 들어 천정을 쳐다보았다. 그때였다. 무슨 하얀 천 같은 것이 밖으로 휙 날아가는 것이 아닌가? 병철이와 태권이는 누가 먼저랄 것도 없이 동시에 그곳을 도망쳐 정미소 마당으로 달려나왔다.

그런데 그때 하얀 소복 차림의 노파 한 사람이 정미소 마당에서 단숨에 옆 담 위로 날아올랐다.

“저 백여시 봐라. 백여시! 야! 백여시가 나타났다~!!!”

아이들은 너나 할 것 없이 그 소복 차림의 노파를 따라갔다. 그 노파도 돌담 위에서 아이들을 향해 손가락질을 하며 걷는 듯 나는 듯 뒷걸음질을 쳤다. 여기저기 흩어져 있던 아이들은 금세 10여 명으로 늘어났다. 한참을 아이들에게 손가락질을 하며 맞장구를 치던 그 노파도 아이들 숫자가 많아지자 어느 순간 마을 뒤 대나무 숲 방향으로 사라져 버렸다.

먼 훗날 병철이는 그때의 이야기를 친구들에게 물어보았다. 하지만 대부분의 친구들은 그때의 사건을 기억하지 못했다. 다만 한 친구만이 어렴풋이 그런 일이 있었던 것 같다고 호응을 해줬다. 병철이는 그 백여시가 아이들의 기억조차 앗아가버린 것은 아닌가 하는 아쉬움이 남았다.


또 다른 일화는 종팔이 아저씨가 장에 갔다 밤늦게 귀가를 하는 길에 도깨비와 씨름을 하셨다는 이야기다.

종팔이 아저씨는 매번 5일장이면 장에 다니셨다. 도깨비를 만났던 그날도 종팔이 아저씨는 장에 나갔다가 친구를 만나 해질녘까지 술을 거나하게 드시고 굴비 한 춤을 사들고 집으로 돌아오는 길이었다. 마을 어귀에 다 와서는 이틀 후에 모내기를 하기 위해 뒷들 논에 대고 있는 물을 둘러보고 집으로 향했다.

뒤뜰에서 마을로 들어서기 위해서는 '터진고샅'이라고 하는 대나무숲 사이로 난 길을 통과해야 했다. 종팔이 아저씨가 터진고샅을 1/3쯤 들어섰을 때였다. 어디선가 모르는 아저씨가 나타나, 들고 가는 굴비를 내놓으라고 했다. 종팔이 아저씨가 연로하신 어머님께 드리기 위해 산 것이라 줄 수가 없다고 하자 그는 씨름을 해서 이기는 사람이 고기를 가지자는 제안을 했다. 마침 종팔이 아저씨는 면민 씨름 대회에서 천하장사에 오를 정도로 씨름에는 자신이 있었기에 굴비를 옆에 내려놓고 씨름을 시작했다.

하지만 웬일인지 좀처럼 승부가 나지 않았다. 종팔이 아저씨는 지금까지 씨름에서 별로 져본 기억이 없었기에 끝까지 포기를 하지 않고 온 힘을 쏟아 씨름을 했다. 씨름을 하자던 상대도 힘이 만만치 않았다. 결국 밤새도록 씨름을 하게 되었고 새벽녘에야 겨우 그를 쓰러뜨릴 수 있었다. 그러고는 곧장 그를 허리띠로 나무에 묶어놓고 집으로 돌아왔다.

밤새 아저씨가 돌아오지 않아 걱정하던 식구들은 옷에 흙을 잔뜩 묻혀가지고 새벽녘에야 돌아온 종팔이 아저씨에게 무슨 일이 있었는지 물어보았다. 그는 간밤에 터진고샅에서 있었던 일을 자초지종 이야기했다. 식구들은 동네 사람들과 함께 종팔이 아저씨가 씨름을 했다는 터진고샅으로 가보았다.

그런데 묶어놓았다던 사람은 온데간데없고
쓰다 버린 몽당 빗자루에 부엌 부지깽이 하나만
달랑 묶여 있더라는 것이다.
그제야 사람들은 종팔이 아저씨가 간밤에
도깨비에게 홀려 씨름을 했다는 사실을 알게 되었다.

이처럼 병철이네 마을에는 정미소, 기와 공장, 터진고샅, 대나무숲, 정자나무, 상여집 등 큰 나무나 허름한 곳간, 오래된 건물 등이 있는 곳마다 도깨비나 백여시 이야기가 넘쳐났다. 그러던 것이 1972년 병철이네 마을에 전기가 들어오면서 서서히 사라져갔다. 이제는 먼 기억의 뒤안길에서나 찾아야 하는 추억이 되어버렸다.

# 설날 이야기1:
## 설맞이의 설렘

김장철이 끝나고 나자 병철이 어머니께서는 장롱 속의 옷들을 꺼내어 손질하기 시작하셨다. 지난해 겨울에 풀을 먹여놓았던 옷은 다듬이질을 하시고 어떤 것은 물을 뿌려 숯다리미로 반듯하게 다리셨다. 동정이 낡은 저고리들은 새것으로 바꿔 다시고 마고자와 대님도 챙겨 놓으셨다. 밤이면 헤진 양말이나 옷가지를 자투리 헝겊을 대고 바늘로 기우셨다.

동짓달이 지나고 섣달에 들어서면서부터는 의복 손질을 마무리하시고 설맞이 음식을 준비하셨다.

제일 먼저 시작하는 일은 고구마 조청을 만드는 일이다. 고구마는 병철이네 집에서 없어서는 안 될 소중한 겨울 간식 겸 식사 대용이다. 안방 윗목에 커다랗게 만들어놓은 고구마 뒤지는 어느새 1/3 정도 줄어 있다. 아버지께서는 고구마 뒤지에서 고구마를 광주리에 하나 가득 담아 어머니께 내다주신다. 어머니는 고구마의 썩은 부위를 도려내고 깨끗이 씻으셨다. 이어 쌀과 엿기름 가루를 대기시키니 준비가 완료된다.

손질한 고구마는 삶아서 으깨고, 충분히 불린 쌀로는 고두밥을 하셨다. 으깬 고구마와 고두밥에 엿기름물을 부어 충분히 섞어준 다음, 따뜻한 아랫목에 이불로 덮어씌워 하루 정도 숙성을 시킨다. 밥알이 어느 정도 삭으면 삼베 자루나 무명 자루에 넣고 걸러준다. 걸러낸 물을 가마솥에 붓고 지긋한 장작불에 하루 정도 고아주면 진한 밤색을 띤 고구마 조청이 만들어졌다.

병철이는 어머니께서 만들어주신 조청이
세상에서 제일 맛있다고 생각했다.
조청은 그냥 먹어도 맛있지만
가래떡이나 시루떡 등에 찍어먹으면 더욱 감칠맛이 났다.

하지만 가마솥에 한 솥을 끓여도 달이고 보면 양이 얼마 되질 않아 마음껏 먹을 수는 없었다. 어머니께서는 조청을 만드는 첫날만 실컷 맛을 보여주시고 이후에는 도자기 항아리에 넣어두고 설날이나 특별한 손님이 오실 때만 조금씩 꺼내오셨다. 가끔은 고구마 대신 생강을 넣어 생강엿을 만들어 주시기도 했다.

조청이 완료되고 나면 '오꼬시'라고 불리던 밥풀과자나 유과, 콩깨잘<sub>콩 과자의 사투리</sub>을 만드셨다. 오꼬시는 지금도 동네시장이나 골목가게 등에서 가끔 볼 수 있다. 쪄서 말린 찹쌀밥이나 콩, 깨, 호두 등을 볶아 물엿에 섞어 일정한 크기로 굳혀 만든 한과의 일종이다.

반면에 콩깨잘은 만드는 과정에 다소 손길이 많이 갔다. 우선 곱게 간 콩물과 찹쌀가루, 밀가루를 적당한 비율로 섞어 칼국수 반죽을 하듯이 반죽을 한 다음, 얇게 늘려 일정한 모양으로 오려낸다. 반죽을 늘릴 때는 반죽이 방망이에 눌러붙지 않도록 바닥에 콩고물을 깔아주었다. 이것들을 따뜻한 방바닥에 한지를 깔고 한나절 정도 말린다. 적당히 마른 것을 골라 가마솥 뚜껑에 기름을 두르고 구우면 바삭바삭하고 고소한 콩 과자가 되었다.

이때 건조 정도와 굽는 솜씨에 따라 과자는 크게 부풀어오르기도 하고 딱딱해지기도 했으니 여기에도 숙련된 기술이 필요했다. 잘 구워진 과자는 그냥 먹어도 맛있지만 겉에 연한 물엿을 바르고 콩고물을 발라 시원한 곳에 보관했다가 먹으면 두고두고 좋은 간식거리가 되었다.

설날이 3~4일 앞으로 다가오면 어머니께서는 쑥떡, 인절미, 시루떡, 가래떡 등을 하셨다. 쑥떡은 봄부터 초여름까지 캐서 잘 말려 두었던 쑥과 맵쌀가루를 섞고, 인절미는 찹쌀을 시루에 찐 다음, 돌 확독에서 떡메로 쳐서 만드셨다.

집집마다 '철푸덕 철푸덕' 떡메 치는 소리가 들려올 때면
설날도 그만큼 빠르게 다가왔다. 설날이 2~3일 정도 남으면
밤마다 안방에 둘러앉아 가래떡을 썰었다.
고돌고돌하게 마른 가래떡을 하나씩 들고
각자 개성대로 떡살을 썰었다.

방바닥에 신문지를 넓게 펼쳐놓고 아버지, 어머니, 병철이와 동생들까지 모두 한몫을 거들었다. 이때 빼놓을 수 없는 것 중의 하나가 화롯불에 가래떡을 구워먹는 맛이다. 어머니께서는 재가 날린다고 뭐라 하셨지만 아버지께서는 가래떡을 직접 구워주시면서 아이들의 설레는 마음을 부추겨주셨다.

드디어 섣달 그믐날, 어머니께서는 아침부터 저녁 늦게까지 전과 고기 절임, 차례상에 올릴 음식을 준비하셨다. 병철이는 이른 저녁

을 먹고 객지에 나간 누나와 형님들이 오기만을 기다렸다. 아버지께서는 작은방과 아래채까지 따뜻하게 군불을 지펴 놓으시고 연신 큰길가를 오가신다. 겉으로 말씀은 안 하셔도 객지에 나가 있는 형님들이 많이 기다려지시나 보다.

맨 먼저 골목에 들어선 사람은 전주에서 제과회사에 다니는 둘째 형님이다. 둘째 형은 과자 선물세트와 큰 가방을 마루에 내려놓는다. 이어서 서울에서 가발 공장에 다니는 누나가 들어온다. 표를 구하지 못해 웃돈을 주고 관광버스를 타고 왔단다.

어머니가 밥상을 준비하는 사이에도 아버지는 아직 도착하지 않은 큰형과 셋째 형이 기다려지는지 연신 골목길을 오가신다. 대문 밖에는 이미 환하게 불을 밝혀놓으셨다. 밤 10시가 다 되어서 큰형이 대문 안으로 들어온다. 일이 늦게 끝나 급행열차를 타고 왔단다.


각자 가져온 짐을 풀어놓으니 안방과 마루에 가득하다. 어머니께서는 늦은 저녁과 부침개를 내오셨다. 모두가 배가 고팠던지 나오는 대로 접시를 비워낸다. 선물 꾸러미를 받아 든 막내와 여동생은 쏟아지는 잠을 못 이기고 앉아서 연신 꾸벅거린다.

"야, 니들 오늘 저녁에 자면 눈썹이 하얗게 된다고 했는데 그렇게 졸고 있으면 어떡하냐?"

병철이가 막내에게 소리를 치며 깨워보지만 별 효과는 없다. 큰 형님이 나서 막내와 여동생을 안아 한쪽으로 뉘운다. 어머니께서는 각자의 손을 잡아가며 그동안 못 다 한 이야기를 나누느라 여념이 없으시다. 병철이는 형님들이 꺼내놓은 볼펜과 노트, 책을 뒤적이며 혼자 신이 나 있다.

'왱~왱~왱~ 왜애애앵~'

자정을 알리는 오포 소리가 밤의 적막을 뚫고 울려퍼진다.
이 사이렌 소리는 병철이네 집에서 얼마 떨어지지 않은
지서에서 통행금지를 알리기 위해 울리는 소리지만,
오늘만은 통행금지가 없어 다행이다.

병철이는 올해도 잠을 자지 않고 새해를 맞이했다는 뿌듯함에 어깨에 힘이 들어간다. 작은형은 어디서 가져왔는지 밀가루를 조금 가져와 막내와 여동생 눈썹에 하얗게 분을 발라놓는다.

"어무이, 저 왔어요."

오포 소리의 여음이 귓가에서 사라져갈 즈음, 셋째가 들어온다. 형님들이 우르르 마루로 나가 반겨준다. 셋째 뒤로 언제 나가셨는지 아버지가 양손에 가방을 들고 뒤따르신다. 셋째 형은 용산역에서 완행열차를 타고 내려와 남원역에서 일행과 택시를 타고 왔단다.

이제 온 가족이 다 모였다. 올 설에도 부모님과 7남매 가족이 모두 모였다. 어머니께서는 다시 조청과 간식거리를 가지고 오셨다. 아버지도 그제야 마음이 놓이시는지 온 가족이 모인 가운데 막걸리 한 잔을 기울이신다.

밤이 깊은 줄도 모르고 끝없이 이어지는 이야기가 설 명절의 분위기를 한층 돋워준다. 누구보다 어머니의 설맞이는 특별한 감회가 있으실 것 같다. 이 날을 위해 한 달 넘게 준비해오셨으니 오늘의 풍성함이 당신의 뿌듯함으로 다가오셨을 게다.

이제 병철이의 눈꺼풀도 자꾸만 무거워진다. 아무래도 날이 새기 전에는 서로의 이야기가 끝이 날 것 같지 않다. 병철이는 귓전에 맴도는 이야기를 들으며 스르르 잠에 빠져든다.

# 설날 이야기2:
## 이제는 텅 빈 사랑채 방문 앞에서

설날 아침, 병철이네 집은 어느 집보다 부산하다. 아버지는 어느 새 일어나 소죽을 다 끓여놓고 세수할 물까지 데워놓으셨다. 어머니도 머리를 감아 손질까지 다하시고 아침 준비가 한창이시다. 누나와 큰형님이 먼저 일어나 세수를 한다.

병철이도 일어나기는 싫지만 마지못해 일어나 세수를 한다. 날씨가 너무 추워 문고리에 손가락이 달라붙는다. 하나둘 일어나 설빔으로 갈아입고 아침 차례를 올린다. 추석에 비해 간단하게 차례를 올리고 떡국으로 아침을 대신한다.

"야, 이제 병철이도 한 살 더 먹었으니 좀 더 의젓해져야지?"
큰형님의 말에 병철이는 괜히 멋쩍어 기어들어가는 목소리로 대답을 했다. 아침 밥상을 물리고 어머니, 아버지께 세배를 올린다. 누나가 따뜻한 아랫목에 자리를 펴고 어머니와 아버지를 모셨다. 5형제가 먼저 서열 순으로 나란히 정렬하여 세배를 올렸다. 이어서 누나와 여동생도 세배를 드렸다. 아버지께서는 미리 준비하신 100원짜리 신권으로 세뱃돈을 주셨다. 부모님께 세배가 끝나면 마을 어르신들과 일가친척 집을 오가며 세배를 했다.

세배 가는 곳마다 떡이며 과자, 식혜, 조청, 떡국 등을 내 주신다.
형편이 좀 나은 집에서는 심심찮게 세뱃돈도 주셨다.
이렇게 한나절 정도를 돌고 나면 주머니가 제법 두툼하게 채워졌다.

세배를 다 돌고 나면 마을 곳곳에 또래 친구들끼리 무리를 지어 모여들었다. 학교를 졸업한 형들은 양지바른 곳에 모여 돈치기를 했다. 돈치기는 동전으로 땅을 파서 구멍을 만들고 동전을 던져 구멍 가운데에 넣거나 구멍 가까이 던진 사람이 이긴 것으로 하여 상대방의 돈을 가진다. 또 다른 방법으로는 동전을 담벼락에 튕겨 멀리 보내고 다음에 하는 사람이 가까이 갖다 붙이면 먹는 것으로 하는 방법 등 그 종류도 다양했다.

병철이 또래의 아이들은 제기차기나 팽이치기, 썰매 타기, 연날리기 등을 주로 했다. 제기는 엽전이나 동그란 쇠붙이에 얇고 질긴 창호지나 천을 접어서 싼 다음, 끝을 여러 갈래로 찢어 너풀거리게 한 놀이기구로 주로 남자 애들이 차고 놀았다. 썰매 타기는 창수네 물논이나 마을 앞 냇가의 오리장마을에서 오리를 키울 목적으로 물을 가두어 놓은 보에서 타고 놀았다. 오리장은 한번 얼기 시작하면 따뜻한 봄이 올 때까지 꽁꽁 얼어 있어 남녀를 막론하고 동네 아이들의 공동 놀이공간이 되어주었다.

오후 들어 따뜻한 햇살이 나기 시작하면 병률이네 밭에서 자치기나 연 날리기를 했다. 자치기는 '채'라고 하는 긴 막대로 '알'이라고 하는 작은 막대를 쳐내서 하는 게임으로, 긴 막대는 보통 60~70센티미터 가량 되고, 짧은 막대는 10~15센티미터 가량, 두께는 1.5~2센티미터 정도 되는 아카시아 나무를 주로 썼다. 채로 알의 끝을 쳐 공중으로 튀어오른 것을 다시 채로 힘껏 쳐서 멀리 보내는데, 이때 보낸 거리를 채로 재어서 점수를 계산한다. 점수는 '동' 또는 '자'라고 하는데, 놀이를 할 때 몇 동 내기, 몇 자 내기를 할 것인지 미리 정하고 시작했다.

남자애들의 놀이가 다양하고 동적이었던 것에 비하면 여자애들의 놀이는 널뛰기나 핀 따먹기, 목자 맞추기, 고무줄 놀이, 줄넘기 등 비교적 그 종류가 적고 정적이었다. 그중에서도 널뛰기는 여자들만의 전용 놀이로 주로 과년한 처녀부터 젊은 주부까지 그 층이 비교적 넓었다. 널뛰기는 특히 설날 오후부터 초이튿날까지 유난히 많이 뛰었다. 이는 아마도 명절 음식을 장만하느라 쌓였던 스트레스를 해소시켜주는 효과가 있었을 것이다.

널뛰는 장소로는 종록이 양반네 텃밭이 안성맞춤이었다. 그곳은 골목으로 들어가 있어 남자들 눈에 잘 띄지 않을 뿐 아니라 텃밭이 넓고 땅에 적당한 쿠션까지 있어 다칠 염려가 없었다.


설날 오후가 되면 이곳은 금남의 집이 되었다.
여자들끼리 모여 널도 뛰고 수다도 떨고 막걸리도 한 잔씩 했다.
종록이 아저씨는 아침 차례상을 물리고 나면
두툼하고 긴 널빤지를 챙겨 텃밭으로 나오셨다.


대충 땅을 고른 다음, 널빤지 중간에 볏 짚단을 괴어 중심을 잡아주고 집을 나오셨다. 한두 명 여자들이 모이기 시작하면 아주머니는 마당에 한 상을 차려 내놓으신다. 젊은 아녀자들은 적당히 요기를 하고 널뛰기 놀이를 시작했다.

널빤지 양쪽 끝에 한 사람씩 올라서서 뛰어올랐다가 발을 구르면 상대방은 그 반동으로 공중으로 튀어오른다. 이렇게 번갈아 두 사람이 뛰어올랐다가 발을 굴렀다 하는 사이 다른 한쪽에서는 수다판이 벌어진다.

널뛰기는 진희 누나와 정순이 누나가 특히 잘 뛰었다. 두 사람이 짝을 이뤄 뛸 때면 사람들은 모두 모여 이들이 널뛰는 모습을 구경했다. 이들은 높이 오를 때는 5~6척까지도 뛰어올라 웬만한 옆집 안마당까지 훤히 넘어볼 수 있을 정도였다.

해가 풍악산으로 기울고 녹았던 땅이 다시 얼기 시작하면 짧은 설날 하루도 저물어갔다. 설날 밤에는 객지에 나갔다 돌아온 또래의 친구들끼리 모여 놀았다. 그중에서도 병철이네 사랑채는 방이 커서 10~20명 정도 단체로 모여 놀기에 적합했다. 하지만 형제가 많다 보니 항상 순번제로 예약을 해야 했다.

병철이 아버지는 연휴 내내 뜨끈하게 군불을 지펴주셨고 어머니는 야식으로 떡국을 끓여다주셨다. 이래저래 병철이네 사랑채는 설 연휴 내내 고고장이 되기도 하고 장기, 바둑 경연장으로 변하기도 했다. 어느 팀이 모이든 대부분 밤새 떠들고 놀았지만 이웃들로부터 시끄럽다는 항의는 단 한 번도 들려오지 않았다. 대신에 명절이 지나고 나면 병철이 아버지께서는 가끔씩 꺼진 구들장을 손보시느라 방바닥을 뜯어내곤 하셨다.

이제는 그때 사랑채에서 함께 놀았던 사람들이 대부분 50~60대의 중늙은이들이 되어버렸다. 설 명절은 예나 지금이나 매년 돌아오고 있지만 병철이네 사랑채에서 놀아줄 사람들은 더 이상 없다.

가끔씩 그 시절을 기억하는 사람들이
텅 빈 사랑채 방문만 열어보고 아득한 향수를 느끼며
한마디씩 던질 뿐이다.
"옛날에 그렇게 컸던 방이 이렇게 작아 보인다! 그때가 좋았는데……."

# 내 사랑 '에반젤 코러스'

등산, 골프, 바둑 등 여러 가지 취미 활동을 즐기고 있지만, 그중에서도 나이가 들수록 점점 더 비중을 두고 빠져드는 것이 있다. 바로 합창단 활동이다. 다른 취미와 달리 합창단만큼은 시간이 누적될수록 나도 모르는 묘한 '끌림'이 있다.

이렇게 말하면 많은 사람들은 내가 성악이라도 전공하고 노래도 엄청 잘하는 줄 알 것이다. 하지만 난 그렇게 노래를 잘하지 못한다. 악보를 보면서도 혼자서는 음정 하나 제대로 잡지 못한다. 노래를 잘해서라기보다는 그냥 합창 그 자체가 좋고, 우리 합창단인 에반젤 코러스의 단원들과 함께하는 분위기가 좋기 때문이다.

그래도 지금은 옆에서 누군가 음만 제대로 잡고 불러주면 곧장 어울려 화음을 만들어낸다. 그것이 때론 신기하기도 하고 마약처럼 은근히 중독되어 가는 것을 느낀다.

에반젤 코러스Evangel Chorus는 한국산업기술대학교 교수이자 에반젤 코러스 상임지휘자인 임창배 교수가 1981년 창단한 아마추어 합창단이다. 긴 세월만큼 그동안 몇 번의 부침도 있었고 깜짝 놀랄 만한 성적도 올렸다.

처음에는 혼성합창단으로 시작했다가 1987년에는 여성합창단으로 개편하여, 이후 세계합창올림픽 금메달 2회, 대통령상 2회, 전국합창경연대회 최우수상 10여 회를 수상하였다. 그 외에도 일본, 하와이, 러시아, 상하이 등 수 차례에 걸친 해외 초청 공연과 국내 연주로 아마추어 합창단의 최정상에서 활동해왔고, 2014년부터는 다시 혼성합창단으로 개편하여 오늘에 이르고 있다.

내가 에반젤 코러스와 인연을 맺은 것도 바로 이때다. 학교 선배이자 상임지휘자인 임 교수가 합창도 배우고 합창단 운영과 사무관리 전반을 맡아 달라는 제안을 하셔서 얼떨결에 시작했다. 짧다면 짧고 길다면 긴 7년의 시간 동안 인상에 남는 공연도 많이 있었다.

## 난생 처음 세종문화회관 대극장 무대에 서다

처음 입단한 2014년에는 팝피아니스트 임학성 씨와 경희대 평화

의전당에서 팝스콘서트 협연을 하였고, 2015년에는 상하이국제합
창대회 대상을 수상하였다.

_ 2017년 4월 세종문화회관 오페라 공연

그리고 2017년 4월에는 사단법인 한러오페라단 주최로 세종문화
회관 대극장에서 베르디의 오페라 '라 트라비아타' 공연을 성공리에
개최하여 많은 음악인의 부러움을 사기도 했다. 에반젤 코러스가 극
중에서 손님과 접대부, 하인 등의 역할을 맡게 된 덕분이었다. 4월 6
일부터 9일까지 내 생애 최초로 오페라 무대에 서 보는 영광을 누린
데다 5회 연속 공연에 출연했다. 5개월여에 걸친 연습이 정말 힘든

과정이긴 했지만, 난생 처음 오페라 무대에 올라 많은 관중들 앞에서 노래와 연기를 했던 경험은 앞으로도 내 삶에 오래오래 잊을 수 없는 추억으로 남을 것이다.

지난해에는 미국 카네기홀을 벤치마킹해 홀 어디에서나 배음倍音을 잘 감상할 수 있다는 롯데콘서트홀에서도 공연을 했다. 그렇다고 매번 화려한 공연만 하는 것은 아니다. 큰 공연 중간 중간에 병원이나 장애인시설, 노인복지회관, 원로초청공연 같은 봉사 공연도 빼놓을 수 없는 공연 레퍼토리 중의 하나다.

공연도 공연이지만 매주 목요일 두 시간씩 연습을 하며 느끼는 하모니는 세상 속에서 받은 어떤 스트레스도 달콤하게 녹여버리는 힐링 촉매제가 된다. 단원들과 이야기하고 연습을 하다 보면 두 시간이 금방 지나고 만다. 난 이렇게 흘러가버리는 순간이 아쉬워 입단 초기부터 연습이 끝나고 나면 매번 합창단 밴드에 그날의 연습곡과 주요 강의 내용을 정리해 소식지라는 이름으로 올려주고 있다. 이것들이 누적되어 살아있는 기록이자 단원들이 소통하고 공유하는 기본 매체로 자리를 잡게 된 것 같아 기쁘다.

앞으로도 음악을 사랑하고 합창을 좋아하는 사람들과 함께 하면서 우리 사회에 아름다운 소리로 사랑과 감동을 나눌 수 있도록 최선을 다할 것이다.

# 천 년의 전설, 면천복씨沔川卜氏 이야기

사람들 모이는 자리에서 소개를 하다 보면 종종 '복씨도 있느냐?', '종친이 몇 명이나 되느냐?', '시조는 누구냐?' 등의 질문을 받곤 한다. 면천복씨沔川卜氏는 1100년이라는 오랜 역사를 간직하고 있고 족보와 역사적인 유적이 많이 전해져 내려오고 있다.

시조인 복지겸卜智謙 장군은 일찍이 후삼국 시대의 격동기에 양길의 휘하에서 무인으로 입신하여 많은 공을 세움으로써 태봉국泰封國의 마군 장군이 되었다. 그러나 궁예는 스스로 터득한 관심법觀心法을 근거로 폭정을 일삼아 백성을 도탄에 빠뜨렸다. 이에 복지겸 장군은 백성의 뜻을 받들어 동료 장수인 홍유, 신숭겸, 배현경 등과 함께 궁예를 축출하고 왕건을 추대하여 고려를 건국918년하고 후삼국을 통일하게 하였다.

복지겸은 고려 건국의 공을 인정받아 일등개국공신에 봉해지고 토지와 성씨를 하사받았다. 이때에 이르러 이름도 처음 '사귀沙貴'에서 '복지겸卜智謙'으로 개명을 하였다. 고려 건국 초기에는 왕권에 도전하는 많은 지방 호족이 수차례 모반을 도모하였으나 장군은 앞장서서 이들을 제압하고 고려사직을 지켜냈다. 그가 세상을 떠나자 나라에서는 '무공武恭'이라는 시호를 내리고 고려 성종 13년994년에는 '태사太師'라는 고위 관직을 추증하였다.

한편 고려 말기인 1388년 요동정벌군의 장수였던 이성계는 위화도 회군으로 정변을 일으켜 권력을 장악하고 조선을 건립하게 된다. 이에 민심이 흉흉해지자 태조 이성계는 민심을 달래기 위해 왕명으로 경기도 마전麻田, 지금의 연천에 숭의전崇義殿을 건립하고, 태조 왕건을 비롯한 고려 7왕과 복지겸 장군 외 15공신을 모셔 배향하도록 하였다.

## 고려 건국 개국공신

면천복씨가 이렇게 오랜 역사를 가졌는데도 불구하고 지금껏 후손이 1만 명이 채 안 되는 이유는 무엇일까? 여기에는 여러 가지 설이 전해지지만 그중에서 복씨卜氏들이 대부분 은둔해 살아왔기 때문이라는 주장이 특히 설득력 있어 보인다.

시조 복지겸 장군은 태조 왕건을 극진히 보좌했고 왕건의 '적장자 왕위계승' 정책을 지킬 것을 강하게 주장했다. 하지만 3대 정종과 4대 광종 모두 조카들을 물리치고 왕위에 오르게 된다. 특히 광종은 왕권 강화를 위해 자신의 정책에 반대하는 왕족이나 공신의 후손을 대대적으로 숙청하기에 이르렀다.

이에 복지겸 장군의 후손도 중앙 벼슬길이 막히게 되고, 대부분 오늘날 충남 청양, 홍성, 보령, 전북 남원, 경북 상주 등 지방에 숨어 살게 되었다. 조선시대에 홍문관 직제학이나 사헌부 대사헌까지 오르는 선조도 있기는 했으나 대부분은 고려 일등개국공신의 후예라는 이유로 벼슬길이 막히면서 지방 벼슬을 하거나 개명을 하여 다른 성씨로 갈아타는 후손이 많았던 것으로 보인다.

그래도 꾸준히 자신의 성씨를 지켜온 선조들 덕분에 지금은 면천복씨 대종회를 중심으로 11개 소종파와 9,000여 명의 종원이 정치, 경제, 문화, 교육 등 사회 각 분야에서 활발히 활약하고 있다.


면천복씨 대종회에서는 2007년부터 3년간 충청남도와 당진시의 지원을 받아 충남 당진시 순성면 양유리 677번지에 시조 복지겸 장군을 모신 사당인 '무공사武恭祠'와 홍보관, 관리동 등을 건립하고 묘역을 정비했다.

최근에는 장군의 애민사상을 받들어 무공사와 묘역 등을 지역 주민과 공유하기 위해 당진시와 기부채납 건을 추진 중에 있다. 향후 당진을 대표하는 역사문화유적지로 관리될 수 있기를 바란다.

## 면천 은행나무와 목신제 木神祭

충남 당진군 면천면 성상리 구 면천초등학교 교내에는 커다란 은행나무가 두 그루 서 있다. 언뜻 보아도 범상치 않아 보이는 수령이 느껴지는 나무다. 곳곳에 크고 작은 동공이 보이고 한 그루는 흙과 시멘트로 충전 처리까지 되어 있다. 나무의 크기도 한 그루는 가슴 높이 줄기 지름 1.93미터, 높이 20.5미터이고, 다른 한 그루는 가슴 높이 줄기 지름 1.94미터, 높이 21.5미터다.

이 은행나무에는 면천복씨 시조인 태사 무공공 복지겸 장군과 관련된 전설이 전해져 내려온다. 고려 개국공신인 복지겸 장군이 낙향하여 고향인 면천에 내려와 있을 때 병으로 누웠는데 백약이 무효하자 그의 딸 영랑影浪이 근처 아미산에 올라 백일기도를 드렸다. 그랬더니 기도 마지막 날에 산신령이 나타나 '아미산의 진달래 꽃을 따다가 집 앞 안샘 물로 씻어 술을 빚어 100일 후에 마시고 집 앞에 은행나무를 심어 정성을 들여라' 고 알려줬다. 영랑 아씨가 산신령의

지시대로 두견주를 빚어 그대로 하였더니 아버지의 병이 거짓말처럼 치유되었다는 전설이다.

지금의 은행나무는 일제가 한일합병 후 1910년대에 면천초등학교를 건립할 때 학교 터를 닦기 위해 흙으로 메우면서 2~3미터 정도 땅속에 묻혔다고 한다. 당시에는 백로가 많이 날아와 은행나무 위를 하얗게 수놓곤 했다고 전해지며 일제 강점기에는 조선총독부 지정 보호수이기도 했다.

1990년 5월 24일 충청남도 시도 기념물 제82호로 지정되었고, 그 역사적 가치를 인정받아 2016년 9월 6일 천연기념물 제551호로 지정되었다. 당진시에서는 매년 영양 공급 등 식물문화재 보존에 노력하는 한편, 은행나무와 면천읍성, 면천 두견주 등 주변 역사문화 자원의 연계 콘텐츠를 통한 관광자원화를 추진하고 있다.

지역 주민과 면천복씨 대종회에서는 면천은행나무회장 구자수를 구성해 지난 1999년부터 주민들의 안녕과 지역 발전을 위해 자발적 행사로 면천은행나무 목신제木神祭를 지내왔다. 2016년 천연기념물로 지정된 이후에는 문화재청의 지원을 받아 본격적으로 추진해 오고 있다. 목신제는 풍물단원의 공연을 시작으로 초헌례와 축원문 낭독, 아헌례, 종헌례, 사신례의 순서로 약 1시간 정도 진행된다. 행사

마지막에는 마을의 안정과 주민의 건강, 지역 발전과 국태민안을 기원하는 축원문을 소지하고 하늘로 날려보내는 것으로 목신제를 마무리한다.

## 국가정상 만찬주로 선정된 두견주杜鵑酒의 유래

2018년 4월 27일 문재인 대통령과 북한 김정은 국무위원장의 3차 남북정상회담이 열렸다. 이날 한반도의 완전한 비핵화를 공동 목표로 한반도의 평화와 번영, 통일을 위한 판문점 선언을 공동 발표했다. 흔히 이런 정상 간의 역사적인 만남에 절대 빠지지 않는 행사가 있는데 그건 초청국 정상이 주재하는 만찬이다. 그리고 식사 자리에 당연히 한 자리 차지하는 상징적인 음식이 있다. 바로 양국의 우의를 다지는 '건배주乾杯酒'이다. 이날 만찬장도 예외 없이 같은 순서로 진행되었고, 이날의 주인공은 천년의 역사를 간직한 술, 복지겸 장군과 딸의 전설이 깃든 '면천 두견주'였다.

면천 두견주는 현재 국가지정 무형문화재 제86-2호로도 지정될 만큼 역사 · 문화적 가치를 인정받고 있다. 남북정상회담 만찬주 선정에 앞서 이미 지난 2014년에도 전국적인 유명세를 탄 바 있다. 프란치스코 교황이 당진 솔뫼성지를 방문했던 2014년 8월 15일 천주

교 아시아청년대회의 사제단 만찬주로 채택되었던 술이 바로 면천 두견주다. 당진시에서는 교황 방문에 대한 감사의 뜻을 담아 같은 해 11월 촛대와 두견주를 교황에게 선물하기도 했다. 또 2021년 예정된 우리나라 최초의 사제 김대건 신부 탄생 200주년을 기념하는 행사를 위해 교황청을 방문해 프란치스코 교황을 예방했던 방문단이 이 면천 두견주를 기념품으로 전달하기도 했다.

_ 당진시 순성면 양유리 소재 무공사 전경

지금도 지자체에서는 복지겸 장군의 충정과 영랑 아씨의 효심을 기리기 위해 매년 4월 중순이면 면천읍성 일대에서 '면천 진달래 민속축제'를 개최하고 있다. 이뿐만 아니라 면천에는 두견주를 생산하면서 관광객에게는 소중한 체험과 관람을 담당해주는 면천 두견주 전수교육관도 있다. 맛으로 보나 품질로 보나 어느 한 군데 빼놓을 수 없는 전통주이다.

# 중앙일보 아름다운 사제상 추억편지 공모

## 감사의 마음을 가르쳐 주신 선생님

임숙자 선생님은 나에게 세상을 바르고 아름답게 볼 수 있는 눈을 뜨게 해주신 초등학교 때의 소중한 은사님이시다. 내가 선생님을 처음 만났던 때는 초등학교 2학년 신학기가 막 시작되던 무렵이었다. 그러니까 1969년 3월초로 기억한다. 아직은 쌀쌀한 꽃샘바람이 옷깃을 여미게 하는 월요일 아침, 운동장 조회에서 우리는 교장 선생님의 소개로 아담한 키에 유난히 하얀 피부와 갸름한 얼굴의 새내기 여선생님을 만나게 되었다.

당시 우리 학교는 남원 시내에서 8킬로미터 정도 떨어진 면 소재지에 위치한 전교생 900명 정도의 자그마한 시골 학교였다. 각 학년마다 대부분 2반까지만 있었지만 유독 우리 학년만은 학생수가 너무 많아 세 반으로 편성되었다. 3반인 우리 반은 여러 면에서 불이익을 당해야 했고, 당연 우리 반 아이들은 매사에 불평과 불만으로 가득 차 있었다.

우선 부족한 교실 때문에 창고를 개량해 만든 임시 가건물에서 공부를 해야 했고 우리는 그것을 '창고교실'이라 불렀다. 이로 인해 다른 반 아이들로부터 서자 취급을 받으며 적잖은 따돌림을 받아야 했다. 바람이 많이 불 때면 교실이 흔들려 혹시나 하는 마음에 다른 반 교실로 대피해 합반을 했고, 추운 날에는 두툼한 솜옷을 입고 등교해야만 했다. 조개탄 난로를 피우긴 했지만 벽 쪽이나 뒤쪽에 앉은 사람에게는 온기가 전달될 리 없었다. 이런 날이면 우리 반 아이들은 더욱 기氣가 죽곤 했다.


임숙자 선생님이 처음 우리 반을 맡으신다고 했을 때, 우리는 하나같이 선생님께서 며칠 못 버티고 포기하고 말 것이라고 생각했다. 그러나 선생님께서는 이러한 우리 의도를 간파라도 하신 듯 부임 첫날부터 쓸고 닦고 정리하시면서 많은 애를 쓰셨다. 우선 교실 분위기를 새롭게 하기 위해 실내 환경정리부터 시작했다. 곳곳에 구멍이나 있어 밖이 훤히 내다보이는 판자로 된 교실 벽은 우리의 그림과

시화로 꾸미고, 학습 능력이 떨어지는 학생들을 위해서는 방과 후에 보충지도를 해주셨다. 당시 선생님은 혼자서 학교 관사에서 생활을 하셨는데 가끔은 우리를 관사로 불러 학창시절 이야기와 함께 노래를 가르쳐 주시고, 독서모임을 만들어 토론회도 열어주셨다.

한 달쯤 지나면서부터 우리는 수업시간보다는 방과 후에 선생님의 이야기를 듣거나 모여서 책을 읽고 토론하는 시간이 더욱 기다려졌고, 그렇게 불평만 하던 우리 반 아이들은 하나둘씩 창고교실과 함께 서로를 아끼고 사랑하는 방법을 배워갔다. 그렇게 놀리기만 하던 다른 반 아이들까지도 모두가 우리 반을 부러워하게 되었다.


몹시도 비바람이 몰아치던 어느 초여름쯤으로 기억하는데, 그날도 우리는 흔들리는 교실을 피해 1반과 2반 교실에 합반을 해야 했다. 비가 그친 다음 날, 우리 교실을 다시 찾았을 때에는 그 동안 우리가 애써 꾸며 놓았던 환경미화 작품들이 빗물에 젖어 엉망으로 되어 있었다.

우리는 모두 실망하여 투덜대고 있는데 선생님께서는 "이 작품들은 이제 감상할 만큼 감상했으니 새로운 작품으로 꾸미라는 뜻인가 보다. 자, 애들아, 우리 다른 그림으로 좀 더 예쁘게 다시 꾸며보자.

응?" 속상해하실 줄 알았던 선생님은 오히려 잘 되었다는 듯이 우리들을 위로해주시면서 또다시 비가 들이치지 못하도록 벽 쪽에 비닐을 대고 새로운 작품으로 교실을 꾸미자고 제의하셨다. 우리도 언제 그랬냐 싶게 다 같이 힘을 합쳐 젖은 종이들을 뜯어내고 새로운 작품으로 치장을 하고, 시멘트 바닥에는 물청소까지 깨끗하게 했다. 해가 서산에 저물어갈 때쯤, 선생님은 숙직실에서 낮에 배식하고 남은 급식 빵 몇 개를 가지고 오셔서 출출하던 우리 배를 채워주시면서 감사에 대하여 말씀해주셨다.

"감사란 우리가 느끼는 만큼 커지는 것이란다. 자그마한 일에 감사할 줄 모르는 사람은 큰 일에도 감사할 줄을 모르지. 우리 2학년 3반 어린이들은 어려울 때일수록 감사하는 마음을 가지고 대하게 되면 모든 것이 아름답게 보이고, 좋은 해결 방법도 보이게 되는 거예요. 알겠지요?"

지금은 희미해져 가는 추억이 되었지만, 고난의 순간에도 환경을 불평하지 않고 감사와 노력으로 역경을 이겨낼 수 있도록 보여주신 임숙자 선생님의 가르침은 어려운 시대를 맞아 이겨내야만 하는 요즈음에 더욱 또렷하게 각인되어 나를 일깨워주곤 한다.

앞으로도 구조조정이다 정리해고다 하여 얼마의 어려움이 더 있을지 모를 일이다. 하지만 그럴수록 일할 수 있음에 더욱 감사하고 국제 경쟁력을 갖춘 전문인으로서 한걸음 앞서 나아가리라 다짐해 본다. 이번 스승의 날에는 선생님께 안부편지라도 드려야겠다.

목멱산 아래에서 복병학

# 산마루에 머무는 구름처럼

우리 집에는 내가 가장 아끼고 소중히 여기는 공간이 있다. 잠자는 시간을 제외하고 내가 가장 즐겨 찾고 오래 머무는 곳, 바로 나의 서재다.

서재는 학창시절부터 꼭 갖고 싶었던 나만의 휴식 공간이다. 결혼 직후 18평 반 지하 전세 집에서부터 나는 방 하나를 확보해 나만의 공간으로 꾸몄다. 그곳에서 책도 보고 음악도 감상하고 글도 쓰고, 공상 속에서 나만의 삶을 그려 보기도 했다.

시, 수필, 소설…… 나의 수많은 작품이 구상되고 활자로 탄생하는 공간이 바로 서재다. 집에 머무는 동안, 나는 잠자는 시간과 식사하는 시간을 제외하고는 거의 대부분 이곳에서 보낸다. 서재는 취미 공간이자 휴식처이고, 나를 재무장해주는 내 삶의 종합상황실이다.

이과 출신인 내가 평생 글쓰기에 흥미를 갖고 지금도 매일 서재에 머물게 된 것은 학창시절부터 책과 가까이 했던 생활습관 때문이 아니었을까 생각한다. 많이 듣고 대화하는 것도 중요하지만 책을 읽으면서 때로 혼자 사색에 잠기는 것만큼 자아성찰에 도움이 되는 일도 드문 것 같다.

그런 의미에서 최근 책이나 신문과 같은 인쇄 매체를 멀리하고 스마트폰 이나 태블릿PC 같은 인터넷 기기를 통한 인스턴트 지식에 의존해 생활하는 젊은이들이 조금 안타깝다는 생각도 든다. 이러한 문명의 이기들은 필요한 정보를 빠른 시간에 제공할지는 모르지만 그보다 훨씬 더 창의적이고 풍요로운 감성의 세계를 계발해 주지는 못하기 때문이다.

나 역시도 노래방 문화와 스마트폰에 익숙해지면서 예전에 낭송하던 시도 노래도 점점 그 기억과 맛을 잃어가고 있다. 그래도, 앞으로도 내가 살아 활동하는 동안에는 내내 서재라는 소중한 공간에서 삶을 설계하고 꿈을 이루어갈 것이다. 내 모든 것이 이곳에 있으니까.

## 달콤한 제안
김광태 지음
300쪽 l 15,000원

## 밥이 고맙다
이종완 지음
289쪽 l 15,000원

## 잘 살고 있나요?
이종완 지음
260쪽 l 14,000원

## 따져봅시다
김선아 지음
224쪽 l 12,000원

## 독한 시간
최보기 지음
244쪽 | 13,800원

## 놓치기 아까운
## 젊은날의 책들
최보기 지음
248쪽 | 13,000원

## 독서로 말하라
노충덕 지음
240쪽 | 14,000원

## 감사, 감사의 습관이
## 기적을 만든다
정상교 지음
242쪽 | 13,000원

# 당신이 생각한 마음까지도 담아 내겠습니다!!

책은 특별한 사람만이 쓰고 만들어 내는 것이 아닙니다.
원하는 책은 기획에서 원고 작성, 편집은 물론,
표지 디자인까지 전문가의 손길을 거쳐
완벽하게 만들어 드립니다.
마음 가득 책 한 권 만드는 일이 꿈이었다면
그 꿈에 과감히 도전하십시오!

업무에 필요한 성공적인 비즈니스 뿐만 아니라 성공적인 사업을 하기 위한
자기계발, 동기부여, 자서전적인 책까지도 함께 기획하여 만들어 드립니다.
함께 길을 만들어 성공적인 삶을 한 걸음 앞당기십시오!

## 도서출판 모아북스에서는 책 만드는 일에 대한 고민을 해결해 드립니다!

### 모아북스에서 책을 만들면 아주 좋은 점이란?

1. 전국 서점과 인터넷 서점을 동시에 직거래하기 때문에 책이 출간되자마자 온라인, 오프라인 상에 책이 동시에 배포되며 수십 년 노하우를 지닌 전문적인 영업마케팅 담당자에 의해 판매부수가 늘고 책이 판매되는 만큼의 저자에게 인세를 지급해 드립니다.

2. 책을 만드는 전문 출판사로 한 권의 책을 만들어도 부끄럽지 않게 최선을 다하며 전국 서점에 베스트셀러, 스테디셀러로 꾸준히 자리하는 책이 많은 출판사로 널리 알려져 있으며, 분야별 전문적인 시스템을 갖추고 있기 때문에 원하는 시간에 원하는 책을 한 치의 오차 없이 만들어 드립니다.

**기업홍보용 도서, 개인회고록, 자서전, 정치에세이, 경제 · 경영 · 인문 · 건강도서**

**모아북스** **문의 0505-627-9784**
MOABOOKS

날마다 새로운 시작

# 끝난 것은 아무것도 없다

**초판 1쇄** 인쇄  2020년 04월 06일
**1쇄** 발행  2020년 04월 15일

**지은이**   복병학
**발행인**   이용길
**발행처**   모아북스
          MOABOOKS

**관리**    양성인
**디자인**   이룸

**출판등록번호**  제 10-1857호
**등록일자**    1999. 11. 15
**등록된 곳**   경기도 고양시 일산동구 호수로(백석동) 358-25 동문타워 2차 519호
**대표 전화**   0505-627-9784
**팩스**      031-902-5236
**홈페이지**    www.moabooks.com
**이메일**     moabooks@hanmail.net
**ISBN**    979-11-5849-131-4    03810

이 도서의 국립중앙도서관 출판예정도서목록(CIP)은 서지정보유통지원시스템 홈페이지(http://seoji.nl.go.kr)와 국가자료종합목록 구축시스템(http://kolis-net.nl.go.kr)에서 이용하실 수 있습니다. (CIP제어번호 : CIP2020012874)

모아북스 는 독자 여러분의 다양한 원고를 기다리고 있습니다.
MOABOOKS
(보내실 곳 : moabooks@hanmail.net)